U0106024

GUODONG YING LIXIAN · XUEGUAI FUHUO

# 果冻营历险 ● 雪怪复活

[美]R.L.斯坦 著　　周玉军 译

接力出版社
Publishing House

# 目 录

# 果冻营历险

## 雪怪复活

## "鸡皮疙瘩"预告

## 欢迎来到"鸡皮疙瘩"俱乐部

# 致中国读者

中国的读者朋友们，你们好！

听说大家很喜欢我的书，我很开心。

我觉得，要让孩子们认识到他们可以到书里去寻找乐趣，这一点非常重要，并且，我还要让他们接触到惊悚的内容，但同时又有安全感。在这些惊悚的场景里我加入了一些幽默元素，这样小朋友们在开怀大笑的同时又有一点点紧张。

很多小朋友觉得交朋友是件很难的事儿，总是奇怪为什么别的小朋友在这方面好像更加轻松容易。对于腼腆的小朋友们，我的建议就是找到你喜欢做的事儿——不管是写作啦，还是运动啦，或者是玩游戏啦，等等。

做这些事儿，会带来两个益处。首先，你可能会遇到别的和你有同样兴趣的小朋友。其次，如果你真的对什么感兴趣，那么你谈论起来时就会轻松自如。

我从来就没停止过和孩子们的交流，我认为重要的是要让孩子们去寻找自己的方式。我提倡小朋友们多读书，找到自己感兴趣的可以轻松自如地谈论的内容。

我认为家长和老师倾听孩子的声音非常重要。有些孩子愿意和父母交流自己的感受，但有些却不愿意。有的时候他们虽然在说一些看似无关紧要的事情，但对于他们自己来说却很重要。

我希望有机会能来中国，见见大家，参观一下这个充满魅力的国度。我很喜欢龙，我一定会好好构思一个关于龙的精彩故事。

到北京看看是我心驰神往的事情。我住在纽约市的中心，但我可以打赌，北京肯定会让人感觉更大——哪怕是对于像我一样习惯了纽约的人来说也是如此。

# 智者的心灵历险（序一）

首都师范大学教授　著名儿童文学作家、诗人

国际安徒生奖提名奖获得者　金　波

人当少年时，智慧大增，却更加渴望心灵历险，愿意体验一下"恐怖"的刺激。那感觉，让我想起坐上"过山车"的游戏，惊险中嗷嗷的呼叫声不绝于耳，既是恐怖的，又是愉悦的。

现在提供给广大读者的这套"鸡皮疙瘩系列丛书"，当你阅读的时候，就像搭乘一次心灵历险的"过山车"。

少年心理的健康发展，需要一个磨砺过程，生活阅历中的挫折，情感体验中的悲喜，精神世界中的追求，都是人生不可缺少的历程。

心理上的"恐怖"也是一种体验，它可以给予我们胆识、睿智、想象力。

这套"鸡皮疙瘩系列丛书"，在美国颇受少年儿童的青睐，甚至让那些不爱读书的孩子，也耽读不倦，爱不释

手。因此，1999年，这套丛书曾以27种文字版本出版，全球销售两亿多册，作者R.L.斯坦被评为当年最受欢迎的儿童文学作家。

是的，阅读"鸡皮疙瘩系列丛书"，与我们通常阅读小说、童话以及科幻故事相比较，颇有异趣。书中斑驳陆离的情境，浩瀚恣肆的想象，直抉心灵的震颤，蔚成奇观，参配天地。

阅读"鸡皮疙瘩系列丛书"，感受心灵探险，好奇心得到充分的满足，获得充分的自由、畅快。在想象的世界中，可以我行我素，或走马古老荒原，邂逅精灵小怪，或穿越沼泽湿地，目睹青磷鬼火，或瞻谒古宅废园，发现千古幽灵，尽情享受一番超越现实、脱俗出尘的惊险和快乐。

这里有冥茫混沌中创造出的另一个世界，这个世界中所发生的故事，虽属怪诞，甚至可怖，虽是对不真实或不存在的事物纯乎幻想与游戏性的艺术再现，但它又与我们的现实生活息息相通，就如同发生在我们身边的事情，让你相信那诸多的神灵鬼怪，其实都是摄取于现实生活中实有的人物。

阅读这些故事，随着故事的进展，情感也随之波澜起伏，有壮烈的激情，有缱绻的爱意，也有凄美的伤感。总之，阅读的快感，丰沛而多彩。

阅读这样奇异的故事，经过一场心灵的历险和心理上的恐怖体验，同样会对善与恶、美与丑，或彼或此，有所鉴别，这同样有赖读者的灵性与妙悟。

　　这些故事，打破现实与虚幻、时间与空间的界限，富于魔幻和神秘色彩。我们畅游于这个奇幻的世界，感受着与宇宙万物的冲突、和谐，与古今哲思的交流、契合，与人类的心力才智的感悟、沟通。

　　我们可以和魂灵互致绸缪，可以把怪诞嘘之入梦。我们的精神世界丰盛了，视野开阔了，心理也会为之更加强健。

　　要做一个智者、勇者，就要敢于经历心灵的探险。阅读这套"鸡皮疙瘩系列丛书"，虽然会有坐"过山车"的惊恐，但终将"安全着陆"。那时候，你会津津乐道，回味无穷。

# 斯坦大叔，请摘下你脸上那副吓人的面具（序二）

著名儿童文学理论家、作家　彭　懿

——等了这么久，R.L.斯坦终于来敲门了。

隔着门缝，我窥见月光下是一个青面獠牙的怪物，是他，戴着面具，他来了，我发现我起了一身的鸡皮疙瘩，体温降到了零度。

这个男人就站在门外。

我战栗起来，我不知道是不是应该开门让这个寒气逼人的男人进来。其实，斯坦不过是一位给孩子们写惊险小说的作家，1943年出生于美国的俄亥俄州，比被誉为"当代惊险小说之王"的斯蒂芬·金还要大上四岁。不到十年的时间，他的"鸡皮疙瘩系列丛书"（Goosebumps）就卖出了一个足以让我们的畅销书作家汗颜的天文数字——2.2亿册！

我战栗什么呢？

我战栗，是因为惊险小说在我们这里还是一大禁忌。不单是我，许多甚至连惊险小说是一个什么概念都搞不清楚的人，只要一听到"恐怖"两个字，就脸色惨白了。我们是怕吓坏了我们的孩子。但我们忘了，几十年前，在一根将熄未熄的蜡烛后面睁大了一双双惊恐的眼睛听鬼故事的，恰恰正是我们自己。

事实上，我们许多人对惊险小说都有一种饥饿感，就连斯蒂芬·金自己都沾沾自喜地说了，不论是谁，拿起一本惊险小说就回归到了孩子。恐怖，原本是人类自诞生以来最原始的一种感情，但到了小说里面，它已经变味了，衍生出了一种娱乐的功能。

我们为何会如饥似渴地去追求这种惊险呢？

恐怕是因为惊险小说或多或少地表达了现代人在潜意识中的某种对日常生活崩溃的不安，而作为它的核心，潜藏在恐怖的背景之下的"神秘"与"未知"，更是满足了人们的好奇心。还有一个重要的理由，就是有光必有影，有了恶，才看得出善。从本质上来说，人是渴望"善"与"光明"的，通常被我们忽略或是遗忘了的这种倾向，在惊险小说的阅读中都被如数找了回来。不是吗，我们不正是在惊险小说里认识到了潜伏在恐怖背后的"恶"与"黑暗"的吗？面对恐怖，我们才重新发现了被深深地尘封在心底的"正义"、"善"和"光明"。

——门外的斯坦等不及了，开始砸门了，他号叫着破门而入。

斯坦的"鸡皮疙瘩系列丛书"可是够吓人的，看看他都给孩子们讲述了一个个什么故事吧——埃文和新结识的女孩艾蒂从一个古怪的商店买回了一罐尘封的魔血。他的爱犬不小心吃了一口，于是它开始变化，那罐魔血也开始膨胀吃人……

斯坦绝对是一个来自魔界的怪物。

作为一个同行，我无法不对斯坦顶礼膜拜，每个月出书两本的斯坦怎么会有那么多诡异的灵感？他在接受《亚特兰大日报》的采访时曾说过一句话："我整天文思泉涌，写得非常顺手……"斯坦从不吝啬自己的灵感，甚至已经到了铺张奢华的地步，这就不能不让我起疑心了，据说他房间里有一副土著人的面具，我怀疑斯坦一定是戴着这副被下了毒咒的面具不知疲倦地写作的。

除了灵感，他的想象力也是无与伦比的。

当然了，还有故事。和斯蒂芬·金一样，斯坦也是一个讲故事的高手，唯一不同的是，斯蒂芬·金是在给大人讲故事，而斯坦是在给孩子讲故事。在我们愈来愈不会讲故事、一连串的短篇就能串起一部十几万字的长篇的今天，斯坦显得实在是太会讲故事了。他从不拖泥带水，一个悬念接着一个悬念，永远出乎你的意料之外。

记忆里，我似乎没有看到过比它们更好看的故事。

——我逃进了过道，斯坦狞笑着在后面紧追不舍。我透不过气来了，我打开一扇壁橱的门钻了进去，我在暗处打量起这个男人来。

像《魔戒》的作者托尔金提出了一个"第二世界"的理论一样，斯坦也为自己量身定做了一个理论：安全惊险。所谓的"安全惊险"，又称之为"过山车理论"，说白了，意思就是你们读我的惊险小说，就像坐过山车一样，虽然坐在上面会发出一阵阵惊叫，但到头来总会安全着陆。斯坦这人也是够世故的了，明眼人一看就知道这套所谓的理论不过是说给那些拒绝让孩子看惊险小说的大人听的，是一块挡箭牌。

尽管斯坦的"过山车理论"多少带了点贼喊捉贼式的心虚，我们还能指责他一两句，但他在惊险小说上的造诣，我们就只有仰视的份儿了。可以这么说，斯坦已经把惊险小说——至少是给孩子看的这一块——发挥到了极致。

第一，斯坦把惊险推向了我们的日常。你去看他的故事好了，它们几乎都发生在一个与你咫尺之遥的地方，就在你身边，主人公与你一样地说"酷"，与你穿一样的耐克鞋，与你拥有一样的偶像、一样的苦恼……这正是现代惊险小说的一大特征。它缩短了与读者之间的距离，使读者与书中那些与自己相似的人物重叠到了一起。只有这样，读者才会不知不觉地对那些来自魔界或另外一个世界的怪物们信以为真，才会共同体验或者说是共同经历一场可怕的恐怖。

　　故事发生在我们的日常，并不是说现实世界与幻想世界的界限就在斯坦的作品里消失了。实际上，这不过是幻想小说里一种常见的模式而已，即"日常魔法"（Everyday Magic），它是《五个孩子和一个怪物》的作者E.内斯比特的首创，它不像"哈利·波特"那样从现实世界进入一个幻想世界，而是颠倒了过来，即幻想世界的人物侵入到了现实世界。斯坦非常的聪明，这种"日常魔法"的写法，不需要去设置什么像九又四分之三车站一样的通道，轻而易举地就能俘获读者的"相信"。

　　第二，斯坦把快乐注入了惊险。写过《挪威的森林》的村上春树曾说过一句话：好的惊险小说，既能让读者感到不安（uneasy），又不能让读者感到不快（uncomfortable）。斯坦就做到了这一点，岂止是没有不快，而是太快乐了。从斯坦的简历中我发现，斯坦曾在一家儿童幽默杂志任职长达十年之久，所以他的惊险小说才能那样逗人发噱。

——斯坦发现了我，一把把我从壁橱里面拽了出来，拽到了阳光下面。这时，他把脸上的面具摘了下来，我终于看清了他的一张脸。

斯坦戴着一副眼镜，不过，他镜片后面的那双眼睛很亮、很单纯，无邪得就像是一个孩子。这与斯蒂芬·金就大不一样了，斯蒂芬·金的那双眼睛混浊得让你不寒而栗。这也就是为什么上帝要选择斯坦来为孩子们写惊险小说的缘故吧！

真的，你读斯坦的书，就像是被一个戴着怪物面具的大叔在后面手舞足蹈地追着，他嘴里发出的尖叫声比你还恐怖，还不时地搔上你几下，你会哇哇尖叫，会逃得透不过气来，但你不会死，你知道这不过是一场游戏。

# 果冻营历险

# 1　全家旅行

妈妈兴奋地指着窗外："看！奶牛！"

我和弟弟爱略特不约而同发出痛苦的呻吟。我们已经在农场上行驶了四个小时，每一头牛，每一匹马，都被妈妈指过了。

"温蒂，看你那边！"妈妈从前座叫道，"羊！"

窗外山坡上，十几只胖乎乎的灰色长毛绵羊正在吃草。"哇，好棒的绵羊哦！"我翻着眼睛说。

"哇，一头奶牛！"爱略特叫道，弟弟也来凑热闹。

我狠狠地推了他一把。"妈妈，你说无聊能不能把人憋炸了？"我抱怨道。

"嘭——"爱略特大叫一声，这家伙真是唯恐天下不乱。

"跟你说过了，"爸爸向妈妈发起了牢骚，"十二岁的孩子不适合坐车长途旅行，年龄太大了。"

"十一岁照样不适合！"弟弟嘟囔道。

我十二岁，爱略特十一岁。

"你俩怎么会觉得无聊？"妈妈问，"看——马！"

爸爸加速超过一辆黄色大卡车，公路在陡峭的山坡上蜿蜒盘绕。远处，灰色的山峰高耸入云。

"美景太多，看都看不过来啦！"妈妈发出由衷的赞叹。

"看多了还不都一样，跟老挂历似的。"我没精打采地说。

爱略特向窗外一指，叫道："看！没有马！"

他自己笑弯了腰，好像这是天底下最好笑的笑话。自我感觉真是良好！

妈妈从前座转回身，生气地看着爱略特问："你是在嘲笑我吗？"

"是呀！"弟弟叫道。

"当然不是啦！"我在一旁煽风点火，"妈妈，谁敢嘲笑你呀？"

"你们什么时候能不闹？"妈妈无奈地说。

"我们就要开出爱达荷州了。"爸爸说，"往前是怀俄明，很快我们就开进前面那些大山啦！"

"哇，那就有山牛看喽！"我挖苦地叫道。

爱略特大笑起来。

妈妈叹了口气:"你们就折腾吧,把三年来第一次全家旅行毁掉算啦!"

车子颠了一下,后面的房车也跟着哐当一响。爸爸在小车后面挂了一辆老式的大房车,我们已经拖着它驶过了整个西部!

这个房车倒是蛮好玩的。挨着车厢内壁有四张活动床铺,还有一张桌子可以当餐桌,也可以在上面打扑克,车里甚至还有一个小厨房!

晚上我们就在房车里睡觉。爸爸把车接上水和电,我们在里面过夜,和一个小房子没有两样。

又过了一道坎,我听到房车在后面又是一颠。汽车加足马力,向山上驶去。

"妈妈,我怎么才能知道自己有没有晕车?"爱略特问。

妈妈转过身,眉毛已经拧到了一起:"爱略特,你从来不晕车的,你忘记了?"她低声说。

"哦,我想起来了。"弟弟说,"我只是想找点事做。"

"爱略特!"妈妈气坏了,"你要是真那么无聊,就睡一觉!"

"睡觉最无聊。"弟弟咕哝着说。

妈妈的脸涨得通红,她真生气了。妈妈的长相和我们兄弟没有一点儿相似之处。她黄头发蓝眼睛，身材有点胖，皮肤很白，所以脸红很容易看出来。

我和弟弟长得像爸爸，又黑又瘦，眼睛和头发都是棕色的。

"你们两个家伙是身在福中不知福。"爸爸说，"前边不知有多少美景等着你们呢！"

"波比·哈里森去参加棒球夏令营，"爱略特不满地说，"杰伊·瑟曼参加的野营夏令营有八个星期呢！"

"我也想去野营夏令营！"我帮腔道。

"明年一定让你们去夏令营！"妈妈喝道，"今年这样全家旅行的机会以后想要还不一定有呢！"

"应该说是这样无聊的机会。"弟弟嘟囔着说。

"温蒂，想办法给你弟弟解解闷。"爸爸命令道。

"什么？"我叫道，"我拿什么给他解闷呢？"

"玩玩地名接龙吧！"妈妈建议道。

"天哪，又来了！"爱略特哀叫着。

"来吧，我起个头儿。"妈妈说，"怀俄明。"

最后一个字是"明"，所以我得想一个以"明"字开头的地方。"明尼苏达！"我说，"爱略特，该你了。"

"嗯，以'达'字开头的。"弟弟想了一会儿，然后做出一副痛苦的表情说，"我认输！"

他就这德行！

弟弟玩游戏太当真，又特怕输。看他玩足球或垒球时那副拼命的架势，我都替他担心。

有时候，如果他觉得不能赢，就像现在这样干脆放弃。

"达拉斯怎么样?"妈妈提示道。

"什么怎么样?"弟弟懊丧地说。

"我有一个主意!"我说，"让我和爱略特坐一会儿后面的房车行不行?"

"耶! 好主意!"爱略特一下来了精神。

"不好吧。"妈妈说完，转头问爸爸，"坐牵引式房车是违法的，是不是?"

"我也不清楚。"爸爸说着减慢了车速。我们正向山上行驶，山坡上到处是浓密的松林，空气清爽怡人。

"答应我们嘛!"爱略特不依不饶地说，"答应我们吧，好吗?"

"让他们到房车里待一会儿我看也没什么大问题。"爸爸对妈妈说，"只要他们小心就是了。"

"我们会小心的!"爱略特立马保证。

"你确定安全吗?"妈妈还不放心。

爸爸点点头说: "能出什么事呢?"

他把车靠到路边。我和爱略特急忙下车，跑到后面，打开房车门跳了进去。

片刻后，小汽车又拖着房车上路了。我们俩在大房车里享受着颠来颠去的滋味。

"真棒！"爱略特叫道，打着趔趄向车后窗走去。

"怎么样，还是我的主意好吧？"我说。爱略特伸手和我互击了一掌，以示庆贺。

我也来到后窗，向外看去。因为是爬坡，公路从车尾看起来好像在不断下降。

房车不停地摇晃、颠簸着。

路变得越来越陡，越来越陡。

也就从这时起，我们的麻烦开始了。

# 2　麻烦的开始

"我赢了!"爱略特挥着两只拳头蹦起来,庆贺胜利。

"五局三胜!"我揉着手腕说,"来——咱们这一次五局三胜。你要是没胆子就算了。"

我知道激将法准会有用,爱略特最怕别人说他没胆子。

果然他又坐了下来。我们胳膊支在桌子上,两手相扣。

我们一直在掰手腕,玩了差不多有十分钟了。比平时有意思的是,车子每一颠簸,胳膊下面的桌子也跟着一抖。

我的力气和爱略特有一拼,但他好胜心更强,比我强多了!没见谁像他那样,掰腕子也流那么多汗,吭吭哧哧,咬牙切齿。

在我看来游戏就是游戏。但对于爱略特来说，每一场游戏都是生死较量。

三局两胜的比试，他已经赢了五场。我的手腕又酸又疼，但我很想赢他一场，挫挫他的威风。

我俯在桌子上，用力握住他的手，牙关紧咬，凶巴巴地盯着他的眼睛。

"开始！"他叫道。

我们一起发力。渐渐地，我手上加劲，他的胳膊开始向后倒去。

我再接再厉，眼看就锁定了胜局。只要再加一点力道就大功告成了！

爱略特的脸红得像块猪肝。他闭起眼睛，呻吟着用力往回扳，脖子上的青筋敹得如同一条条大蚯蚓。

我弟弟就是输不起！

砰！

我的手背重重砸在桌子上。

爱略特又赢了。

实际上，是我让他赢的。我不想看到他为了掰腕子弄得血管崩裂。

他蹦了起来，挥着拳头为自己庆贺。

"哟——"房车突然间一晃，爱略特猛地撞到车厢壁上。

车子继续摇摇晃晃地向前冲，我双手抓住桌子才没有从座位上掉下来："出了什么事？"

"方向变了，我们现在走的是下坡！"爱略特说着一点点向桌子挪来。

但是车子又一阵剧烈地颠簸，爱略特又给掀倒在地。"呀！我们这是在向后退呢！"他叫道。

"我打赌开车的肯定是妈妈！"我手抓着桌子说。

妈妈开起车来像个疯子。你跟她说时速已经八十英里了，她却说："那怎么可能？我感觉还不到三十五英里呢！"

车子轰隆隆向山下冲去，我们随着房车颠来簸去。

"他们这是怎么了？"爱略特叫道，抓住一张床铺，挣扎着保持平衡，"难道是在倒车？我们怎么会向后走？"

房车继续俯冲，我挣扎着站起来，跌跌撞撞走到车厢前部，拉开红格子窗帘，从车前窗向外看去。

"呃……爱略特……"我结结巴巴地说，"咱们有麻烦了。"

"什么？麻烦？"车子越冲越快，他也颠得越来越厉害。

"爸爸妈妈不在前面。"我告诉他，"他们的车不见了！"

# 3　山地飞车

爱略特一脸困惑，他没听懂我的话，也许他是不肯相信！

"房车脱钩了！"我尖叫道，继续从抖动的车窗向外看，"我们在往山下滑—— 停不下来啦！"

"不……不……不……"爱略特结结巴巴地说。他不是真的结巴，而是颠得太厉害，说不出话。他的运动鞋在车厢地板上咚咚咚地敲个不停，跳踢踏舞都没那么快。

"哦！"我发出一声痛苦的尖叫，脑袋撞到了车顶。

我们连滚带爬地挣扎到车厢后部，紧抓着窗沿，想看看方向。

山路陡峭地向下蜿蜒，两边是浓密的松林。滑行的速度太快，树林成了一抹棕绿相间的影子，从两边飞速掠过。

　　轮胎在车下呼啸着，颠簸越发剧烈，速度越来越快。

　　越来越快。

　　越来越快。

　　车身一歪，然后猛烈地一个起伏。我扑通一声双膝着地。

　　我伸出手，想抓住什么东西把自己拉起来，结果车子一晃，把我摔了个四仰八叉。

　　我终于跪起身，只见爱略特在地板上滚来滚去，活像一只人体足球。

　　借着又一次晃动，我回到后窗，向外看去。只见前面是个急转弯，可我们的车并没跟着路一起转弯！

　　强大的惯性使车子从路上飘了出去，打着旋扎进了树林。

　　"爱略特！"我尖叫道，"要撞车啦！

# 4　九死一生

拖车剧烈地颠簸了一下，只听咔啪一响。

车快撞成两半了！我惊恐地想道。

我双手顶在车厢前面，盯着窗外，黑压压的树木飞一样向后退去。

车子猛地一荡，我脸朝下摔倒在地。

我听见爱略特在叫我的名字："温蒂！温蒂！温蒂！"

我闭上眼睛，绷紧了每一块肌肉，等待着车毁人亡的最后时刻。

等待着……

等待着……

一点声音都没有！

我睁开眼睛，过了几秒钟才意识到我们停下来了！我深吸一口气，爬了起来。

"温蒂?"爱略特微弱的叫声从车厢后部传来。

我的腿还在抖个不停,感觉很怪,好像车子仍在脚下波浪般起伏。"爱略特——你没事吗?"我转身问。

他被甩到了一张下铺上面。"好像没事。"他把脚从铺上伸下来,摇着头说,"只是有点晕。"

"我也是,"我承认道:"可是名副其实的飞车呀!"

"连迪斯尼的太空飞车都赶不上!"爱略特说着爬了起来,"咱们快从这个玩意儿里面出去吧。"

车子现在是头高尾低,门在车厢前部,得像爬山一样爬过去。

我先到门口,拉住门把手刚要打开。

"嘭!"有力的敲门声吓了我一跳。

"呀——"我惊叫一声。

外面又敲了三下。

"是爸爸妈妈!"爱略特叫道,"他们找到我们啦!快开门!快!"

不用他催,想到是爸爸妈妈,我的心已经激动得忘记了跳动!

我转动把手,推开房车的门——

大吃一惊。

# 5　果冻王体育夏令营

门外站着一个黄头发的男人，蓝眼睛在阳光下闪闪发亮。

他一身白衣，上身是一件挺括的白 T 恤，下摆扎进一条宽松的白短裤里。T 恤上别着一枚小小的圆形纪念章，上面用黑体字写着：永远争第一。

"呃……嗨。"我迟疑着和他打了一个招呼。

他的微笑好灿烂，嘴里似乎有两千颗牙。"嗨，你好……车里的人都没事吧？"他问道，蓝眼睛一时显得更为明亮。

"我们都没事，"我说，"虽然颠得不轻，不过……"

"你是谁？"爱略特探出头问。

"我叫巴蒂。"他脸上依旧笑容灿烂。

"我叫温蒂，他叫爱略特。我们还以为来的是爸爸妈妈呢。"我说着跳下车。

爱略特也下了车，"爸爸妈妈在哪儿呢?"他皱着眉问。

"除了你们我谁也没看到。"巴蒂说着看了看房车，"出了什么事? 房车脱钩了?"

我点点头，把头发从脸上拨开说："是呀，我估计是山路太陡的缘故。"

"真危险。"巴蒂喃喃地说，"你们肯定吓坏了。"

"我可没有!"爱略特喊道。

什么人呀! 刚才还吓得浑身发抖，不停地叫我的名字，转眼又成了天不怕地不怕的男子汉!

"我还从来没这么怕过。"我老老实实承认。

我们从车旁走开，向林中观望。

树木在微风中瑟瑟抖动。我手搭凉棚，遮住明晃晃的阳光，四下张望。

看不到爸爸妈妈，也瞧不见刚才的公路，完全被浓密的树林挡住了。

松软的泥土上，留下两道新鲜的车辙。我们的车碰巧从林木的空隙间冲了下来，停在一个陡坡前。

"哇，真够幸运的。"我咕哝着说。

"简直是非常幸运!"巴蒂高兴地说，他走到我身旁，双手搭在我肩膀上，我把脸向后一转，"看! 你们空降到了什么地方！"

我向山上望去，只见树林里有一片开阔的空地，两根高高的旗杆上，扯着一条巨大的红白两色横幅。我要眯起眼睛才看得清横幅上的字。

"果冻王体育夏令营。"爱略特念道。

"营地在山那边。"巴蒂说着冲我们友好地一笑，"跟我来吧。"

"但是……但是……"弟弟结结巴巴地说，"我们必须找到爸爸妈妈！"

"那不成问题，你可以在营地等他们嘛！"巴蒂劝慰道。

"但他们怎么能知道我们去了哪儿呢？"我心存疑虑，"我们要不要留个字条？"

巴蒂又给了我们一个阳光明媚的笑："不用，一切我会处理的。你们放心吧！"

他往山上走去，T恤和短裤在阳光下白得刺眼，连运动鞋和短袜也是一色的纯白。

这一身应该是制服，他肯定是营地的工作人员，我心里想。

巴蒂回过头来，向我们挥动双手："你们到底来不来呀？放心吧，你们一定会喜欢这里的！"

爱略特和我赶忙跟着他向山上跑去。我的腿依然有点发软，好像人还在房车里，颠簸摇晃着。真见鬼，我不知自己什么时候感觉才能恢复正常！

山坡上长满了荒草，我们爬到高处，横幅看得更清楚了。"果冻王体育夏令营。"我出声念了一遍。

横幅上除了这几个大字，旁边还画着一个模样滑稽的卡通形象，看起来就像一大团紫色的葡萄泡泡糖。它头上戴着一顶金色的王冠，满脸堆笑。

"那是什么东西?"我问巴蒂。

巴蒂抬头看了一眼横幅说："那是果冻王，是我们的吉祥物。"

"这么怪模怪样的吉祥物，和体育夏令营可不怎么般配呀!"我看着那位紫色的果冻王说。

巴蒂没有做声。

"你在营地工作吗?"爱略特问。

巴蒂点了点头说："你想象不到在这里工作有多棒!我是高级辅导员——哦，你瞧，都忘记说啦，欢迎你们加入!"

"但我们不能参加你的夏令营啊!"我反对说，"我们还没找到爸爸妈妈，我们还得……"

巴蒂双手搭在我和爱略特的肩膀上，一边带我们往上走，一边说道："我说伙计们，你们这次是大难不死，干吗不放松放松，留在我们营地好好玩几天，等我联系上你们的父母再走不迟呀！"

接近山顶时，终于有人声传来，是孩子们的叫喊和笑语声。这面山坡上的空地随着高度的增加变得越来越狭窄，让位给高大的松树、桦树和枫树。

"你们的体育夏令营有什么特色？"爱略特问巴蒂。

"我们开展各类运动。"巴蒂答道，"乒乓球、橄榄球、槌球、足球、网球、游泳、射箭，应有尽有！我们还举办弹玻璃球大赛呢！"

"听起来很棒哦！"弟弟对我笑了笑，高兴地说。

"永远争第一！"巴蒂说着在爱略特肩上拍了一掌。我第一个到达山顶。极目望去，营地一直向前延伸，似乎绵延数英里远！

营地左右两侧各有　栋两层的长条形建筑，在这两栋白色的建筑之间，分布着几个运动场，一个棒球场，一长排网球场，还有两个巨大的游泳池。

"那两栋白楼是宿舍。"巴蒂用手指着说，"这边是女生宿舍，那边是男生宿舍。你俩离开以前也可以住这两栋宿舍。"

"哇塞！酷毙了！"爱略特叫道，"有两个游泳池呢！"

"而且都是奥运标准池哦！"巴蒂对他说，"我们也举办跳水比赛，你喜欢跳水吗？"

"我们的车从山上滑下来的时候他倒是跳得挺欢的！"

我开玩笑说。

"温蒂喜欢游泳！"爱略特告诉巴蒂。

"我记得今天下午有游泳八程往返赛。"巴蒂说，"回头我帮你查一下比赛日程安排。"

我们沿路下山。阳光猛烈，照到后脖颈上像针扎一样地灼痛。想想清凉的游泳池，我不禁也心动起来。

"可以报名玩棒球吗？"爱略特问巴蒂，"我是说，玩棒球要不要先加入一个球队？"

"你想玩什么运动都没问题。"巴蒂说，"果冻王体育夏令营唯一的规则，就是全力拼搏。"说着他拍了拍T恤上的纪念章，"永远争第一！"

头发又给风吹到了脸上。放假前去理个短发就好了，现在后悔也没有用。我决定，一到寝室就找个东西把头发扎起来。

离我们最近的运动场上正进行一场足球赛，哨子声、叫喊声响成一片。我远远地瞧见运动场另一头立着一长排箭靶。

巴蒂加快脚步，领先向运动场走去。爱略特走到我身边，笑嘻嘻地说："嘿——我们本来就是想参加夏令营，这回因祸得福啦！"

没等我说话，他已经蹦蹦跳跳地向巴蒂追去。

我又一次向后理了理头发，迈步正准备跟上去，却突然间停住了——一个小女孩，从一棵大树干后面探出头来。

她看上去六七岁的样子，头发火红，满脸雀斑，上身是一件长长的淡蓝色 T 恤，下面穿着黑色紧身裤。

"嗨——"她压低声音叫道，"嗨——"

我看着她，大吃一惊。

"别进营地！"她叫道，"快跑！千万别进去！"

# 6 因祸得福

巴蒂猛然转回身来。“什么事，温蒂?”他远远地叫道。

我又看了一眼那棵大树，可是那个红头发的小女孩已经不见了。我连着眨巴了几下眼睛，她确实是踪影皆无。

真叫人费解，小女孩干吗要跑到这里来?就为了躲在树后面吓唬人吗?

“呃……没事儿!”我向巴蒂喊道，然后跟着他们走进了营地，很快就把那个小女孩忘到了脑后。

我们绕过足球场，经过那一长排用铁丝网围住的网球场，走上直贯营地的主干道。击打网球的嚯嚯声一路跟着我们。

这么多的运动！这么多的游戏!

一群群孩子迎面走来，年龄有大有小，急匆匆地奔向

游泳池、棒球场，或者保龄球馆。

"太酷了！"爱略特不停地念叨着，"简直是酷毙了！"

这一回，他算是说对了。

路上我们碰到数位辅导员，有男有女，都是很阳光很漂亮的年轻人，无一例外穿着纯白的制服，脸上都带着灿烂的微笑。

路上经过了十几个三角形的小标牌，上面是头戴黄金王冠的果冻王，紫色的胖面孔笑意盎然。每一张胖脸下都写着营地的口号：永远争第一。

果冻王还真有几分可爱呢。我意识到，自己爱屋及乌，对这个令人诧异的运动夏令营的一切都产生了好感。

不得不承认，我内心竟然隐隐地希望，爸爸妈妈别那么快找到我们，至少再过一两天。

这想法够坏的吧！

我一边觉得内疚，一边偏偏又按捺不住地盼望着。

都怪这个夏令营太让人兴奋了，尤其是在车后座上欣赏了好几天奶牛之后。

我们先把弟弟送到男生宿舍楼。一个名叫斯库特的辅导员出来迎接爱略特，他是个高个子黑头发的小伙子，带了弟弟去找他的寝室。

然后巴蒂领着我去营地另一边的女生宿舍。我们先经过了一座露天体育馆，里面正进行一场体操比赛；然后又走过一个游泳池，那儿黑压压地围满了孩子，在看一场高台跳水比赛。

巴蒂和我边走边聊。我对他讲起自己的学校，还说到了我喜欢的游泳和骑自行车。

在女生宿舍的白色双开门入口处，我们停住脚步。"你是哪里人啊?"我随口问道。

巴蒂看着我，脸上的表情一下变得困惑至极。

我以为他没听清我的话，就又问道："你是这附近的人吗?"

他吞了吞口水，眯起眼睛，隔了半天才喃喃地说："真怪……"

"什么真怪?"我问。

"我……竟然不记得了。"他吞吞吐吐地说，"连自己是哪里人都不记得，还不算怪吗?"说完，他把右手食指放到嘴里，若有所思地咬着指甲。

"那没什么，我也总是忘事!"看到他那么沮丧，我连忙安慰。

我还想再说点什么，这时一个年轻的女辅导员快步走到我们面前。她嘴上涂着鲜亮的紫色唇膏，留着黑色短发："嗨! 我叫霍丽，你准备好参加什么运动项目了吗?"

"算是吧。"我犹豫地说。

"这是温蒂。"巴蒂介绍道，脸上困惑的神情还未消

025

失，"她需要一个房间。"

"没问题！"霍丽爽快地说，"永远争第一！"

"永远争第一。"巴蒂淡淡地回了一句口号，对我微笑道别。看得出，他还在努力地回忆自己究竟是何方人氏。

这事确实有点怪，是吧？

霍丽带我进了宿舍楼。进门后是一条长长的过道，镶嵌着白瓷砖。迎面几个小姑娘急匆匆跑了出去，兴奋地又笑又叫，估计都是忙着去参加各种运动。

一些寝室的门开着，经过时我偷眼向里打量。哇塞！真是够现代够气派！跟这地方比起来，一般的夏令营那是简陋、土气得快掉渣儿了。

"我们很少待在房间里，"霍丽说，"大家一般都在户外参加各种竞赛。"

她推开一扇白色的门，示意我进去。对面墙上开着一扇大窗，屋内亮堂堂地洒满了阳光。

靠左右两面墙壁各有两张上下铺，床都是天蓝色的，靠床头立着一个乳白色的小衣橱，屋内还有两只白皮扶手椅。

白色的墙壁上没有任何装饰，只在衣橱上方挂着一张果冻王小画像，镶着边框。

"房间真舒适！"我说道，眼睛在刺目的阳光里半眯起来。

霍丽听了一笑。她的唇膏颜色太抢眼，好像脸上就剩嘴唇了："很高兴你能喜欢。你可以睡那边的下铺。"说着她用手一指，指甲涂成了与唇膏相配的。

"我有没有同屋的室友?"我问。

霍丽点点头："你很快就会见到的，她们会介绍你参加一些活动。我估计她们正在靠下头的运动场踢足球，不过也不一定。"

她向门外走去，到门口又停了下来说："你会喜欢迪朵的，她年纪和你差不多。"

"多谢你了!"我说道，眼睛还在打量着房间。

"回头见!"霍丽说罢消失在过道里。

我在屋子当中站着，脑子飞快地转动。衣服怎么办?我只有身上穿的这一套粉蓝相间条纹的 T 恤和棉布短裤。游泳衣、运动衫，什么都没有!

霍丽怎么甩下我就走了? 把我一个人丢在一间空屋子里，也不交代一下接下来我该找谁，该去哪里! 真想不通!

但没等我想出个名堂来，可怕的事情就发生了。

我刚想到窗边看看，突然听到了低低的人语声。就在门外!

我转身看着房门。是我的同屋回来了吗?

门外的说话声极低，但听得出语气中透着兴奋。

猛然间，一个女孩子高声说道："还等什么，还等什么，既然人已经困在房间里了，咱们这就进去把她捉住吧!"

# 7 永远争第一

我大吃一惊，急巴巴地想找个能躲人的地方。

但已经来不及了。

三个姑娘破门而入。只见她们目露凶光，恶狠狠地抿着嘴巴，并排向我扑来。

"呀！不要！"我大叫着抬起胳膊，似乎这样就能挡住她们的进攻。

黄头发的高个子女孩最先笑了起来，其他两个跟着也笑了。

"吓到你啦！"高个姑娘说着，威风地把颜色深浅不一的黄头发向后一甩。

我吃惊地看着她，还没回过神来。

"你不是真以为我们要害你吧？"另一个女孩问道。她身材瘦长结实，留着黑色短发，额前一排刘海，身穿灰色运动裤和一件破旧的灰色 T 恤衫。

"嗯……"我磕磕巴巴地说不出话，脸上火烫。我觉得自己是个十足的笨蛋，竟然被一个小小的玩笑吓个半死。

"别看我!"第三个女孩摇头说，她戴着一顶红蓝两色的芝加哥小熊队棒球帽，下面露出黄色鬈发，"全都是迪朵的主意。"她说着一指高个女孩。

"不必感觉太窝囊，"迪朵笑着说，绿眼睛亮晶晶的，"你已经是本周第三个啦!"

另外两个女孩哧哧窃笑。

"她们也都上当了吗?"我问。

迪朵得意地点点头："这虽然是个恶作剧，但也挺好玩的。"

这一次我跟大家一道笑了起来。

"恶作剧我见得多啦，因为我有一个弟弟。"我对迪朵说。

她又把头发向后一甩，在衣橱顶上乱翻了一气，找到一个发圈把头发扎了起来。"她是阿珍，她是艾维。"迪朵指了指另外两个女孩说。

阿珍是那个有刘海的女孩。她往下铺上一摊，叹气说："这是什么惨无人道的训练哪，我累死了! 看看我这一身汗，臭得像头猪一样!"

"听说过除臭剂吗!"艾维挖苦说。

阿珍向艾维伸了伸舌头。

"快换衣服吧!"迪朵向两个女孩发出指令,"我们只有十分钟啦。"

"什么只有十分钟?"阿珍问道,弯腰揉着腿肚子。

"你忘了下午的游泳比赛了吗?"

"哦!"阿珍叫着跳了起来,向衣橱跑去,"我真的给忘了!我的游泳衣哪儿去了?"

艾维也冲向衣橱,两人在抽屉里一阵乱翻。

"你要不要参加比赛?"迪朵问我。

"我……我没有游泳衣。"

她耸耸肩膀,打量着我说:"没问题,我有十来件呢!咱们身材差不多,我只是稍高一点。"

"嗯,我也想游游泳。"我说,"到游泳池里玩一玩,泡泡水。"

"什么?不比赛?"迪朵叫道。

三个姑娘一齐目瞪口呆地看着我。

"比赛以后再说吧。"我说,"现在我只想跳进水里,凉快凉快。"

"但——你不能不比赛!"阿珍叫道。她瞪大眼睛看着我,好像我突然间又长出了一个脑袋。

"绝对不行!"艾维的头摇得像拨浪鼓。

"你必须参加比赛。"迪朵说，"不能自己游一游就算了。"

"永远争第一！"艾维背诵着口号。

"对，永远争第一！"阿珍也跟着喊。

我彻底糊涂了："你们是什么意思啊？干吗总喊那句口号？"

迪朵扔给我一件蓝色游泳衣说："穿上吧，我们要晚了。"

"但是……但是……"我不情愿地咕哝着。

三个姑娘飞快地换上泳衣。

我看出没有选择的余地，只好进洗手间去换衣服。

但是那些问题还在心里挥之不去，我真的想得到答案。

为什么不能一个人游一游呢？为什么必须要参加比赛呢？

为什么大家有事没事总要喊那句口号？

他们是什么意思？

# 8　游泳比赛

巨大的泳池泛着蓝色的波光。太阳很毒，混凝土跳台在脚下发烫，我迫不及待地想跳进水里。

我一只手遮在眼睛上，向唧唧喳喳围在泳池边看比赛的孩子们望去，却找不到爱略特的影子。

估计他这时候至少已经参加了三项比赛了，我心想，这个夏令营简直是专为爱略特设计的！

包括我在内，参加比赛的女孩都站在深水区的边上，等待比赛开始。

我心中默数，参赛者至少有二十多人。泳池真大，有足够多的泳道，容得下这么多人同时进行比赛。

"嗨，你穿我的泳衣真棒！"迪朵上下打量着我说，"不过你应该把头发扎到后边，否则会影响你的速度。"

嘿，她真是把输赢看得很重哦！我心想。

"你游得快吗?"我问。

她挥手拍掉腿肚子上的一只蚊子,一笑说道:"我是最棒的,你呢?"

"我还从来没有参加过真正的比赛呢!"

负责比赛的辅导员都是年轻女性,全穿着两件式白色分体泳衣。我看到霍丽坐在泳池对面的跳台边上,正和另外一个辅导员聊天。

一位红头发的高个儿辅导员走到泳池边上,吹了一声哨子。"大家都准备好了吗?"她问道。

我们齐喊"准备好啦!"泳池马上安静下来,一长排参赛的女孩面对泳道,作好了跳水的准备。

水波在脚下荡漾,太阳烧灼着后背和肩膀,我觉得自己都快烤焦了,真恨不得马上跳进水里。

哨子再次吹响。我向前一跃,重重地砸进水里。火烫的皮肤被冷水一激,让我全身一震。我大力挥动双臂,向前游去。

手的拍水声、脚的踢水声汇合在一道,简直像大瀑布的轰鸣。

我把脸埋进水里,冰凉的感觉让人无比振奋。

抬起头,我向旁边看去,迪朵落在我后面几个身位。她的泳姿极有节奏,手臂的挥动自如舒展。

我向前望了望,意识到自己处在第一的位置,我就要赢啦!

双脚再用力一蹬,终于游到了头,我忙调过身向深水区回游,这时其他的女孩还在冲向第一个单程的终点。

我力气用得更足,心也开始咚咚狂跳。

现在看来,轻松赢得第一个往返已在意料之中,然后再有三个往返……

再有三个往返……

我突然意识到自己真是个笨蛋。其他人根本没尽全力,她们游得不紧不慢,因为她们知道这是一场四个往返的比赛!

如果我继续这么拼下去,估计连两个往返都坚持不下来!

我深吸一口气,然后慢慢地呼出来。

一定要慢……一定要慢……

"慢"是今天的关键词!

我降低了蹬水的力度。手臂挥出——慢慢收回——深呼吸——缓慢悠长地呼吸。

第二个往返开始时,有几个人已经游到了和我并排的位置。

迪朵超过我了,有一瞬间我们四目相交。她永远保持着固定的节奏。挥臂,挥臂,吸气,再挥臂。

阿珍游在迪朵的另一边。她的身体那么轻,简直像漂在水面上,游得自在而轻松,毫不费力。

第三个往返中，我保持在迪朵身后几个身位。我全神贯注，保持平缓的节奏，假装自己是个机器人，被程序限定了只能慢慢地游。

迪朵先我几秒钟进入第四个往返。此时，她的表情发生了变化，眼神狂热，整个脸部的肌肉都绷紧了。

看得出，她是一心一意想赢得比赛。

我能追上她吗？我是否能把她击败？我在心里问着自己。

我进入最后一个往返，开始加速。

不顾胳膊的酸痛。

不顾左脚的抽筋般的剧痛。

我双脚拼命踢水，疯狂地挥动着手臂，不顾一切地游着。

快些，再快些！

超过阿珍了，我看得到她脸上懊丧的表情。

所有人都在奋力地游着，水面被搅成了沸腾的泡沫，击水声响成一片，几乎淹没了观看比赛的孩子们的呐喊。

我的心跳得快要蹦出来了，肺好像马上就要爆炸；两只胳膊疼得要命，比灌了铅还沉重。

再快些……再快些……

我赶上迪朵了，我们距离如此接近，近到可以听到她急促的呼吸。

我瞥了一眼她的脸，还是那么专注、坚决！

她简直和爱略特一样，就是一心要赢！我心想。

好多次，和爱略特玩游戏的时候我故意让他，只因为我知道他远远比我更在乎输赢。迪朵何尝不是如此！

快到深水区的尽头时，我放缓速度，让迪朵超前。

我看得出获胜对她多么重要，她是多么热切地希望拿到第一。

何苦呢，我想，第二名也不见得有什么损失。

我听到岸上的欢呼，迪朵已经率先游到终点。

紧跟着我也到了。双手触壁后，我先向水下一沉，然后浮出水面，把住池边。

我大口大口地喘着粗气，全身上下没有一处不疼。我闭上眼睛，两手按住头发，捋到脑后。

胳膊已经累得快要麻木，我几乎连爬出泳池的力气都没有了。参赛的人中，我是最后出水的人之一。

我从水里出来，看到大家站成一圈，把迪朵围在当中，就从人缝中挤进去，想瞧个究竟。

我的眼睛进水了，火辣辣地疼，我用手揉了揉眼睛，这时只见那个红头发的辅导员把一个金光闪闪的东西交给了迪朵。

围观的姑娘们发出一声欢呼，然后各自散去。

我走到迪朵身边，向她祝贺："你真棒！我差一点儿就追上了，不过还是你快！"

"我在学校是游泳队的。"迪朵说着抬抬手，给我看辅导员给她的东西。

现在看清楚了，是一枚闪光的金币。面上铸着果冻王的笑脸，边上还有一圈文字，尽管看不到，我也猜得出是什么字。

"这是我拿到的第五枚王币了！"迪朵自豪地说。

这有什么值得激动的，我真不明白。它不但不是真正的钱币，甚至很可能不是真金的！

"王币有什么用？"我看着阳光下闪闪发光的金币问。

"如果我再赢一枚，就可以走上优胜者之路，参加优胜庆典了！"她告诉我。

我刚要问什么是优胜庆典，阿珍和艾维跑了过来，三人一见面马上你一言我一语地说开了。

我突然想起了弟弟。爱略特在哪儿呢？他在干什么呢？

我离开迪朵她们，向出口走去。刚走几步，就听到有人叫我的名字。

我转回身，见是霍丽。她快步追上我，紫色的嘴唇紧抿着，透出沉重与不安。"温蒂，你最好跟我来一下。"她说。

我的心一沉："怎么？出了什么事？"

"是有点事情。"霍丽柔和地说。

# 9 一个警告

爸爸妈妈出事了!

这是闪进我心里的第一个想法。

"出什么事啦?"我叫道,"我爸爸妈妈! 他们没事吧? 他们……"

"我们还没有找到你的父母。"霍丽说。她把一条毛巾围在我抖动的肩膀上,然后领我到泳池边一条长凳上坐下。

"是爱略特吗?"我担心地问,"出了什么事?"

霍丽一只胳膊搂着我的肩膀,歪过身子,棕色的眼睛一眨不眨地看着我。

"温蒂,我要和你谈的问题是,你没有真正尽全力去赢得比赛。"

我咽了一下口水说:"你说什么?"

"我一直在注意观察你。"霍丽继续说道，"你最后一个往返时放慢了速度，我想你并没有尽全力。"

"但是……但是……我……"我一时张口结舌。

她继续一眨不眨地看着我，轻声问："我说得没错吧?"

"我……我不习惯游那么远。"我磕磕巴巴地辩解说，"这是我第一次参加比赛。我不知道……"

"我知道你刚来营地没多久，"霍丽说着挥手赶走了一只落在我腿上的苍蝇，"但你总该知道营地的口号，是不是?"

"那当然!"我答道，"想不知道都不成。'永远争第一!'不过这口号究竟是什么意思?"

"我想它是一种警示。"霍丽若有所思地说，"这也是为什么我决定马上就来提醒你的原因。"

"一个警示?"我彻底糊涂了，"关于什么的警示?"

霍丽没有回答。她很勉强地笑了一下，站起来说："回头再谈，好吧?"

说罢她调头匆匆离去。

我裹了裹肩上的毛巾，赶回宿舍去换衣服。

走在网球场旁边，我心里不停地想着霍丽的话。

赢一场比赛为什么这样重要?

就为了得到一枚金币吗? 就为了上面印着果冻王的果

冻头吗？

我干吗一定要赢一块破硬币呢？为什么我不能随意地参加几项运动，结交几位新朋友，开心地玩一玩呢？

霍丽说她是在提醒我，她要提醒我的是什么呢？

我摇摇头，努力把这些令人困惑的问题从脑中赶走。我曾听家里的朋友说过一些体育夏令营的情况。据他们讲，有些体育夏令营确实相当可怕，那里的孩子都是铁杆的运动狂人，一心想的只有赢！赢！赢！

看来是被我赶上了。

唉，我叹口气想，无所谓了，我也不是非得喜欢这个夏令营不可，反正爸爸妈妈很快就会来把我和弟弟接走的。

我一抬眼睛——看到了爱略特。

他脸朝下趴在地上，胳膊和腿难看地扭曲着，双目紧闭。

已经不省人事！

# 10    爱略特的乒乓球赛

"天哪!"我吓得尖叫起来,跪在他身边,连声呼唤,"爱略特! 爱略特!"

他一骨碌坐起来,脸上笑嘻嘻地:"哈哈,你要上多少回当才记得住啊?"

我在他肩膀上狠狠地砸了一拳:"你这个神经病!"

结果他笑得更厉害了。愚弄我似乎是世界上最让他开心的事。

为什么我每次都要上当呢?! 这个把戏爱略特不知玩过多少次了,每次我都以为他当真已经昏迷不醒。

"我再也不会上你的当了! 再也不会啦!"我生气地叫道。

爱略特从地上站起来。"走,看我打乒乓球去!"他抓着我的手说,"我参加了乒乓球锦标赛。这一场对手是个叫吉夫的家伙。他以为自己会几手旋转发球就了不起了，真是个可怜虫！"

"我没法去。"我挣脱他的手说，"我身上水淋淋的，得赶紧换衣服去。"

"来嘛！"爱略特不想放弃，"不会太久的，我三下两下就会把他打败的！"

"可是……"我犹豫着说。看来爱略特确实很想我去。

"打败吉夫，我就能赢得一枚王币。"他双目放光，"然后我还要再赢五枚，我想在爸爸妈妈来之前赢够六枚，那我就可以走优胜者之路啦！"

"祝你好运！"我咕哝道，用毛巾擦了擦湿漉漉的头发。

"你参加游泳比赛了吗？有没有拿冠军？"爱略特问道，说话间他拉住了我的手。

"没有，我拿了第二。"

他不屑地说："你真没用！来看我怎么把对手打个落花流水！"

"好吧，好吧！"我骨碌着眼珠子说。

爱略特带我来到一排户外乒乓球台旁，上面用又长又宽的白色遮阳布挡住阳光。

他匆匆走向最边上的一张球台。吉夫已经在那里等着了，正用球拍轻轻地颠着球。

我原本想象吉夫可能是个不堪一击的瘦猴，一看才知道是位黄头发、红脸庞、大块头的肌肉少年！身材和爱略特比一个能顶俩！

我在球台对面一张白色长凳上坐下来。爱略特怎么赢得了这个大块头！我想，可怜的弟弟这次可是要栽大跟头了！

比赛刚开始，巴蒂走过来在我身边坐下，冲我一笑说："还没有你父母的消息，但早晚会联络到他们的。"

我们观看比赛，吉夫发出一个弧线球，爱略特把球打了回去。

让我意外的是，两人竟然打了个旗鼓相当！估计吉夫也是同样意外。他的回球越来越凶，发出的旋转球好多次根本连台边都没擦到。

巴蒂说他们已经打了两局。吉夫赢了第一局，爱略特赢了第二局，这是决胜局。

这一局打到十六平，然后是十七平，十八平。

爱略特表现得越来越焦躁，他太想赢了。只见他俯身守在球台边，浑身紧绷，握拍的手都变白了。

他额上满是豆大的汗珠，身子不停地高蹿低伏，每一击球都咬牙切齿，拼命地重扣。

爱略特的表现越焦躁，吉夫就变得越平静。

爱略特一记扣球出界，气得把球拍在台子上用力一摔。两人打成了十九平。

看得出，他的情绪已经失控，这对他并非什么新鲜事。继续焦躁下去，他必输无疑。

爱略特拿起球，准备发球。这时我把两根手指放入口中，吹了一声响亮的口哨。这是我惯用的暗号，用意在提醒他要冷静，要保持清醒。

爱略特听到我的口哨，放低了手里的球拍。他转过身，飞快地向我竖了一下大拇指。

我看到他深吸了一口气，然后又一次深呼吸。

看来我的暗号这次又奏效了。

他一个抛发球，吉夫回球力道很弱，爱略特挥拍打了一个远角。吉夫来不及调整身位，丢了一球。

接着吉夫发球过网，爱略特反手击球，用力很轻，球擦网而过，在台面上嗒嗒弹了几下。

赢了！

爱略特呐喊一声，兴奋地挥动着拳头。

吉夫把球拍摔到地上，怒气冲冲地走了。

"你弟弟不错！"巴蒂站起身说，"我喜欢他的风格，一心求胜。"

"这倒是没错。"我低声说。

巴蒂走过去给爱略特颁奖——当然还是一枚王币。"好样的，现在只差五枚了！"他说着抬手和爱略特互击一掌，低手又是一掌。

"没问题！"爱略特拍胸脯说道。他举起硬币，给我看果冻王的笑脸。

真叫人想不明白。营地怎么会选中这么一坨东西做吉祥物呢？看上去就像是一大块戴着王冠的果冻！

"我必须回去换衣服了。"我对爱略特说。

他把金币塞进短裤口袋，对我说："我再找找看有没有其他的比赛，也许今天还能再得一枚金币！"

我朝他挥挥手，向宿舍走去。

没走几步，突然听到一阵低沉的轰隆声。

然后大地开始颤抖。

我惊呆了。轰隆声越来越响，我全身的肌肉也越绷越紧。

"地震了！"我尖叫道。

# 11　我打电话回家

大地剧烈地摇晃，乒乓球台震得直颤，上面的遮阳布也瑟瑟抖动着。

我膝盖发软，都快站不住了。

"地震啦!"我又叫了一声。

"没事的!"巴蒂叫着向我跑了过来。

他说得没错。轰隆声很快就停下来了。大地也停止了震动。

"隔段时间就会来这么一阵，"巴蒂说，"没什么大不了的。"

"没什么大不了的?"我的心还在猛跳，腿软得像两根面条。

"你瞧!"巴蒂让我看四下活动的人群，"谁都不在意。只是几秒钟而已。"

我环顾四周。看来他真没说错。主楼前，进行象棋比赛的孩子继续头都不抬地下棋；泳池对面的运动场上，孩子们的踢球游戏照旧进行，丝毫未受影响。

"一般一两天就要发生一次。"巴蒂对我说。

"怎么会这样，是什么原因造成的？"我问。

"那你可难倒我了。"他耸耸肩说。

"不过，摇得可真够厉害，一点危险都没有吗？"

巴蒂没听到我的问题，他已经跑开去看小孩子的踢球游戏了。

我再次迈步向宿舍走去，依然有点心惊肉跳的感觉，那奇怪的轰隆声仿佛还在耳中响个不停。

我拉开寝室的门，差点迎面撞上阿珍和艾维。她们俩都换上了白色的网球服，肩上扛着球拍。

"你去参加什么比赛啦？"

"赢到王币没有？"

"刚才的游泳比赛好棒呀，对吧？"

"你玩得开心吗，温蒂？"

"你打网球吗？"

她俩似乎非常兴奋，连珠炮似的问了七八个问题，连答话的时间都不给我。

"我们的网球锦标赛参赛人手不够，"艾维说，"比赛要进行两天，你吃完午饭就来网球场，好吗？"

"好的。"我说，"我打得不太好，不过……"

"待会儿见！"阿珍喊了一声，不等我讲完话，就和艾维急匆匆地跑了。

实际上，我网球打得相当不错。我发球很稳，双手握拍反手击球也蛮漂亮。

但我并非特别出色。

在家的时候，我和朋友艾丽森经常打网球玩。我们只是娱乐，不争输赢，很多时候只是把球打来打去，一个回合拉得老长。我们甚至连分都不记。

我决定参加网球赛，即便第一场就输，那也没有什么。

而且，我想着爸爸妈妈随时会来，爱略特和我反正也待不久的。

爸爸妈妈……他们的面孔浮现在我心头。

我猛然想到，他们肯定急坏了，担心得要命。真希望他们没事。

我突然有了一个主意。

我要给家里打电话。怎么早没想起来呢！我可以打家里的电话，录音留言，告诉爸爸妈妈我和弟弟在哪儿。

爸爸不管去什么地方，每隔一小时总要打电话回家查一下留言。为这妈妈没少笑话他，说他太紧张，生怕漏接一个电话。

听到我的留言，他们肯定开心死了！

真是个好主意！我心里大赞自己。

现在唯一要做的是找一部电话。

宿舍里肯定应该有电话。我在小小的前厅里找了一遍，没有找到。

服务台也没人，找不到人来问。

我向长长的走廊里望去，两边都是寝室，但没有电话。

再看另一条走廊，也没有。

我心急火燎地又从宿舍楼里出来，想到外面去找，一抬眼，不禁长嘘一口气。楼前就有两部付费电话机。

我的心兴奋得直跳，小跑着向电话冲去。

我拿起更靠近我的那一部电话的听筒，刚要放到耳边——两只有力的手突然从后面把我抓住！

"放下电话！"一个声音命令道。

# 12　六枚王币

"噢——"我惊叫一声，听筒从手中掉落，悬在半空发了疯似的打着转。

我转身一看，不禁叫了起来："迪朵！你吓死我了！"

她的绿眼睛闪着激动的光彩："对不起，温蒂，不过我太着急告诉你一个好消息啦。看！"

她伸出手，上面放着一摞金王币。

"我刚赢了第六枚！"迪朵兴奋得快透不过气了，"太难以置信了吧？"

"是……是有点难以置信。"我略带敷衍地说，还是搞不懂有啥好兴奋的。

"我今晚就可以走优胜者之路了！"迪朵高兴地说，"真不敢相信我这么快就成功啦！"

"太棒了！"我说，"祝贺你！"

"你赢到王币了吗?"迪朵问,手掌依然摊开着。

"嗯……还没有呢。"我答道。

"那就现在开始努力!"迪朵给我打气,"展示出你的实力,温蒂。永远争第一!"她向我一晃空着的那只手的拇指。

"说得对,永远争第一!"我重复道。

"我们要开个派对庆祝一下。"她继续兴奋地说,"优胜庆典之后,就在我们寝室,你看怎么样?"

"太好啦!"我说,"也许可以从餐厅弄个比萨饼什么的。"

"你跟阿珍和艾维说一声,或者我来跟她们说也行。总之谁先见着她们谁就说吧!回头见!"

迪朵说完就跑开了,拳头里紧紧攥着那六枚金币。

我意识到自己在微笑。迪朵实在是太高兴了!我也被她的兴奋所感染,连打电话的事都忘记了。

这个夏令营也许自有它可取的地方,我必须给它一个机会。只有认真投入,适应主流的氛围,才能玩得开心。永远争第一!我要拿下网球锦标赛!

主楼里的餐厅非常巨大,高高的天花板一直延伸出去,似乎没有尽头;餐厅设有一张张长条形的木桌,所有人都在这里吃晚饭。

说话声、欢笑声、盘子刀叉的叮当撞击声,在高高的墙壁间回荡。每个人都有故事要说,每个人都有比赛想谈。

饭后,辅导员带领大家来到运动场的跑道上。我在人群中寻找爱略特,却不见他的影子。

这是一个温暖晴朗的傍晚。淡淡的一个月牙,低垂在越来越暗的林木之上。太阳已经落山,天空的颜色随之不断变化,从粉红到浅紫,再变为青灰。

随着黑暗的降临,跑道远端出现了两团闪动的黄光,向我们移动过来。等来到近处,我才看出是两位辅导员擎着的火炬。

一阵喇叭声响起,所有人都安静了下来。

我移到阿珍身边,悄悄说:"他们搞得真够隆重的!"

"本来就是很隆重的事嘛!"阿珍说着,依旧目不转睛地看着渐渐走近的火炬。

"待会儿开派对,吃的东西准备了吗?"我轻声问。

她把一根手指放到嘴唇上"嘘"了一声。

又有几支火把点燃了,黄色的火球像小太阳一样亮。

这时又响起一通鼓声,接着扩音器和所有的喇叭一起,伴着咚咚的鼓点,高奏进行曲。

大家肃然而立,看着那一队火炬向我们走来。此时,借着颤动的火光,我渐渐地看清了火炬手的一张张面孔——今天赢到第六枚王币的孩子的一张张微笑的面孔。

我数了数，一共是八个人，五个男孩三个女孩。

金币穿成一串，像项链一样挂在他们的脖子上，金光、火光交相辉映，使得优胜者们的脸看起来也熠熠生辉。

迪朵走在队列的第二位，看起来激动兴奋到了极点。她脸上始终带着微笑，金币在脖子上发出叮叮的脆响。

阿珍和我朝她挥手呼喊，但她径直走了过去。

一位辅导员突然在扩音器里高喊："现在请向今晚走上优胜者之路的队员表示祝贺！"

观看庆典的孩子们爆发出一阵震耳欲聋的欢呼。我们全都不停地拍手，欢呼声口哨声响成一片，直到优胜者全部走过，最后一支火炬也从视线中消失。

"永远争第一！"扩音器里的声音高叫道。

"永远争第一！"我们都跟着呐喊，"永远争第一！"

优胜庆典到此结束。各处纷纷亮起了灯。大家乱哄哄地赶往宿舍，男孩一个方向，女孩一个方向。

我们跟在一大群女孩后面向宿舍走去。"火炬游行看着真酷！"我对阿珍说。

"我只要再赢两枚王币就够了。"阿珍答非所问，"也许明天就能拿到。你参加垒球循环赛了吗？"

"没有，我参加的是网球赛。"

"网球能手太多，"阿珍说，"要赢一枚王币太不容易。你应该参加垒球比赛。"

"嗯……也许吧。"我答道。

艾维已经在房间里等着了。"迪朵呢?"阿珍和我进门时她问道。

"我们没看见她。"阿珍说。

"也许和其他的优胜者在一起呢。"我说。

"我弄到两袋玉米片,但是找不到辣酱。"艾维说着举了举手里的袋子。

"有没有喝的东西?"我问。

听我问,艾维拿出两罐无糖可乐。

"哇! 很丰盛哟!"阿珍笑着叫道。

"要不要从别的寝室请几个人过来一起玩?"我建议道。

"那可不行,那咱们就得分一罐可乐喝啦!"阿珍高声道。

我们都笑了起来。

我们仨说说笑笑,闹了大约半个小时,等着迪朵回来。

我们坐在地板上,打开了一袋玉米片。不知不觉中就吃完了一袋,然后我们又开了一听可乐,大家轮流喝着。

"她怎么还不回来?"阿珍看了看表说。

"都快熄灯了!"艾维叹了口气,"咱们没剩多少时间

玩啦。"

"也许迪朵忘了咱们要开派对的事了。"我猜测道，把装玉米片的袋子揉成一团，向垃圾桶投去。

我没有投中。篮球绝对不是我的强项。

"但是开派对是她的主意呀！"艾维不解地说，她站起身，在房间里来回走着，"她能去哪儿呢？现在大家早都回寝室了。"

"咱们出去找她吧。"我脱口说道。有时候我就是这样，想也不想说出的话，反而往往是好点子。

"对！咱们这就去吧！"艾维积极响应。

"喂，等一等！"阿珍说着走到我们前面，挡住了门口，"我们不能出去。艾维，你知道守则的，十点以后不能离开宿舍。"

"算了吧，阿珍！"艾维说，"我们偷偷出去，找到迪朵然后再溜回来，能出什么事呢？"

"就是，能出什么事呢？"我在一旁帮腔。

"好吧，好吧。我只希望咱们别给抓到。"阿珍成了少数派，只好不情愿地跟着我和艾维向门外走去。

我领头走进空无一人的走廊，边走边想：能出什么事呢？

我们偷偷溜出大门，走进夜色之中。

能出什么事呢？我还在不停地想着。

令我想不到的是，这个夜晚，注定将有很多事情发生。

# 13　夜探主楼

　　天气变得又闷又热，从宿舍出来，感觉就像是一步踏进了蒸汽浴室。

　　一只蚊子在我头上嗡嗡叫，我两手一拍，却没有拍中。

　　阿珍、艾维和我蹑手蹑脚绕到宿舍楼的侧面。草地上露水很重，我的鞋直打滑。架在树上的聚光灯投下的强光照亮了路面。

　　我们专挑黑的地方走。

　　"应该先去哪儿找呢?"艾维小声问。

　　"从主楼开始吧!"我提议道，"也许今晚全体的优胜者都在主楼开派对呢!"

　　"可我听不到派对的声音呀!"阿珍低声说，"外面太静了，一点声音都没有。"

她说得没错。我能听到的，只有蟋蟀的鸣唱和暖风徐徐吹过树林的声音。

我们一直躲在路边的阴影里，向主楼走去。我们走过空无一人的游泳池，池水在聚光灯下银波荡漾。

太闷热了，我真想连衣服都不脱就纵身跳进水里。

但我们深更半夜跑出来，可不是为了游泳，而是有正事在身——寻找迪朵！

我们一个紧跟着一个，走过了那一排乒乓球台子。看到乒乓球台，我一下想起了爱略特。他在做什么呢？可能早进被窝了，和所有其他人一样。

刚走到第一排网球场，艾维突然低喊一声："快，退回去！"她一把抓住我，用力推着我靠在球场边的铁丝网上。

路上传来轻轻的脚步声，有人哼着歌向这边走来。

是一位辅导员。他一头黑色鬈发，尽管是晚上，还戴着一副深蓝色的太阳镜，身上穿着辅导员的制服——白T恤和白短裤。

我们仨都屏住呼吸，紧贴着铁丝网，尽量藏好身形。"是比利！"阿珍低声说，"他总是很开心的样子，挺招人喜欢的。"

"如果他发现了我们，他就不会还那么招人喜欢了。"艾维尽量压低声音说，"我们的麻烦可就大了。"

058

比利哼着歌，打着响指，从我们前面走了过去。路转了个弯，绕向球场的后面。我看着他越走越远，终于看不到了。

我长出一口气，这才发现自己竟然一直没敢呼吸。

"他这是去哪儿？"艾维问。

"也许是去参加主楼的派对。"我说。

"咱们干脆直接问问他算了。"阿珍开玩笑说。

"就是。"我说。

我们上下看了看，确定路两头都没人，这才继续前进。

我们过了网球场。树上的聚光灯在路面上投下长长的光影，随着树枝被风吹动，黑影也在地上飘忽移动，看上去就像一群黑色的幽灵。

尽管天气炎热，我还是打了一个寒战。

走在这些移动的影子上，有一种毛骨悚然的感觉，好像它们随时可能跃起来，把我抓住拖走。

这想法确实有点吓人，是吧？

我回过头，刚巧看到宿舍的窗户正一扇扇变黑。熄灯的时间到了。

我拍拍阿珍的肩膀，她也转身向宿舍看去。随着最后一盏灯的熄灭，宿舍楼似乎凭空从我们眼前消失了，隐入了无边的夜幕之中。

"也许我出了个馊主意。"我低声说。

艾维没说话，她咬着下嘴唇，眼睛紧张地观察着周围的一处处暗影。

阿珍笑着说："现在打什么退堂鼓呀！眼看都到主楼了。"

我们穿过足球场，主楼就在前面一个低矮的小山上，隐在一片高大的枫树和檫树后面。

没爬多高，我们就看出来，主楼也和宿舍楼一样黑黢黢的，没有半点亮光。

"不像有晚会的样子。"我低声说。

艾维失望地叹口气说："迪朵到底在哪儿呢？"

"也许可以试试男生宿舍。"我开了个玩笑。

她俩都笑了起来。但笑声夏然而止。

突然响起了一阵扑棱棱的声音，就在离我们很近的地方！

"是什么东西？"艾维叫道。

"呀！"我抬眼一看，不禁低呼出声。

几棵老树上架着聚光灯，不知什么时候，聚光灯上方来了数十只黑糊糊的蝙蝠，盘旋翻飞着。

然后，它们一个俯冲，朝我们扑来。

# 14　深夜的呼救声

我忍不住发出一声尖叫，两手抱住了头。

我听到阿珍和艾维都倒抽了一口凉气。

拍打翅膀的声音变得更响，更近了。

我的脖子后面已感觉到蝙蝠呼出的热气，我感觉到它们在抓我的头发、咬我的脸。

确实，只要是和蝙蝠有关，我的想象力就会变得过分丰富。

"温蒂，没事了。"阿珍低声说，她把我的手从脸上拉开，用手向前指了指说，"你看！"

我顺着她的视线看去。原来刚才蝙蝠低飞并非要扑向我们，而是飞向山脚下的游泳池。

聚光灯明亮的光线中，我看见它们箭一样射进水面，然后一眨眼的工夫，又飞上天空。

"我……我不喜欢蝙蝠。"我喃喃地说。

"我也不喜欢。"艾维说，"我知道它们是人类的朋友，吃害虫什么的。但我还是觉得它们挺可怕的。"

"不过，至少这些蝙蝠不会找我们的麻烦，它们只是要喝水而已。"阿珍说着在我和艾维背上推了一把，催我们下山。

很幸运，刚才我的尖叫声没有被人听到。但我们刚走了几步，就看见有一位辅导员走了过来。这个辅导员我见过，她戴着顶蓝色棒球帽，浅黄色的头发一直垂到后腰。

我们仨悄无声息地躲到一丛高大的常青灌木后面，蹲了下来。

不知她有没有看到我们？

我再一次屏住呼吸。

她一直向前走，没发现我们。

"这些辅导员都是去哪儿呢？"艾维低声说。

"咱们跟在她后面看看去。"我建议道。

"不过得跟得远点儿。"阿珍道。

我们慢慢站起身，从灌木后面走出来。

突然，一阵低沉的轰隆声，把我们吓得愣在当地。

轰隆声越来越响，地面开始震动。

我看到两个朋友脸上现出惊恐的表情，原来她们都和我一样害怕。

地面抖得厉害，我们三个站立不稳，全都跪了下来。我四肢着地，双手牢牢抓住草根。

大地在战栗、摇动，轰隆声越来越响，变成了奔腾的咆哮。

我闭上眼睛。

逐渐地，声音低了下来。

大地最后猛烈地震颤了一下，然后平静了下来。

我睁开眼睛，看看艾维和阿珍，她们正从地上爬起来。

"每次这样都让我很烦！"阿珍恨恨地说。

我站了起来，两腿还在哆嗦。"究竟是怎么回事呀？"我惊魂未定地问。

"没人知道是怎么回事。"阿珍挥手拍掉膝上的草叶说，"一天好几回，说来就来。"

"咱们别再找迪朵了吧。"艾维轻声说，"我想回寝室。"

"对，我赞成。"我疲惫地说，"明天再和迪朵一起庆祝也不晚。"

"到时候我们再问她今晚去了哪里，做了什么。"阿珍说。

"我们真不该出来，这主意糟糕透了！"我嘟囔道。

"可这主意是你出的呀！"阿珍叫道。

"我的主意大多数都很糟糕。"我答道。

我们借着阴影的掩护下山,回到路上。我向泳池看了看,一只蝙蝠都没有,也许是给刚才的地震惊得飞回了树林。

空气闷热依旧。蟋蟀已经不叫了,一切都是静悄悄的。

唯一能听到的,是我们的运动鞋走在柔软的土路面上发出的声音。

然而,就在这万籁俱寂的时候,突然响起了脚步声,急促的脚步声,一直朝我们跑来。一切都发生得那么突然,我们根本来不及做出任何反应。

我猛然一惊!一个女孩子绝望的呼救声传入耳中:"救救我!来人哪,救命!"

# 15　艾丽西娅看到了什么？

一阵热风吹过，树影在地上舞动，变得越发诡异。

小女孩的呼救声充满惊恐，吓得我全身一震，向后退了一步。

"救命——救命——"

她呼喊着从网球场的另一边跑过来，双手前伸，长长的头发披散在脑后。

她穿着蓝色紧身短裤，上身着紫红色露腰装。

我一眼就认出了她。

正是那个藏在林子里警告我和爱略特不要进营地的满脸雀斑的红头发小姑娘！

"救救我！"她一头冲进我怀里，猛烈地抽泣着。我搂着她纤弱的肩膀，低声安慰道："不要怕，没事了。"

"不！有事！"她尖叫着从我怀中挣开。

"怎么了?"阿珍问,"你为什么跑出来了?"

"你怎么不在寝室睡觉?"艾维走到我们身前问。

小女孩瑟瑟发抖,没有回答。她抓着我的手,把我拉到路旁一丛灌木的后面。阿珍和艾维也跟了过来。

"我真的有事!"小女孩用两只手擦去脸上的泪珠,哽咽地说,"我不是……我……"

"你叫什么名字?"阿珍轻声问。

"你为什么不待在寝室?"艾维再问一遍。

我又听到了蝙蝠拍动翅膀的声音,就在头上。但我看着小女孩的脸,强迫自己不去理会它们。

"我……我叫艾丽西娅。"小女孩抽泣着说,"我们得马上走,马上!"

"你怎么了?"我不解地问,"深呼吸,艾丽西娅,深吸一口气,你没事了,真的!"

"不!我有事!"她又猛摇着头哭了起来。

"你现在安全了,有我们在这儿。"我安慰她说。

"不安全!"她叫道,"谁都不安全,没有人是安全的!大家都不听我的警告,我也警告过你……"她又一次哽住了。

"究竟是什么事?"艾维问。

"你要警告我们什么?"艾维弯下腰看着这个哭泣的小女孩。

"我……我看到了很可怕的事!"艾丽西娅断断续续地说,"我……"

"你到底看见什么了?"我着急地问。

"我跟在他们后面,"艾丽西娅继续道,"然后我就看见了,好可怕!我……我说不下去,太可怕了!我们必须马上走,告诉大家,告诉所有人!我们必须逃走,必须从这个地方逃出去!"

她长长地呼出一口气,全身又抖了起来。

"可我们为什么要逃呢?"我问道,双手轻轻放在她肩膀上。

我很着急,想要安慰她,告诉她不要害怕,什么事都不会发生。但我又不知如何才能让她相信。

她看到了什么?是什么让她如此恐惧?

会不会只是做了个噩梦?

"我们必须马上走!"艾丽西娅焦急地说,红头发被泪水糊在脸上,她用力拉着我的胳膊,"快!已经没时间了!我真的看见了!"

"你看见什么了?"我喊道。

艾丽西娅还没来得及回答。

一个黑头发的辅导员突然出现在灌木丛外。"抓着你啦!"他叫喊道。

# 16 返回寝室

我心里一凉，整个身体都僵住了。

辅导员的黑眼睛在灯光下闪闪发亮。"在这儿闲荡什么呢?"他问。

我深吸了一口气，刚要回答，但另一个声音先说话了。

"你不觉得自己有点多管闲事吗?"说话的是一位留着黑色短发的女辅导员。

我极力把呼吸放慢，尽量不发出一点声音，把身体伏得更低。阿珍和艾维都跪在了地上。

"你不是在跟踪我吧?"男辅导员打趣说。

"我为什么要跟踪你? 也许是你在跟踪我吧?"女辅导员也调笑说。

看来并没有被他们发现，我放了心。我们与他们相距只有两英尺，但他们并没有向树后看。

片刻后，两位辅导员就一道悠闲地走开了。我们仨继续等了很久，直到再也听不到他们的声音，才从地上站起来。

"艾丽西娅？"我问道，"你没事吧？"

"艾丽西娅？"艾维和阿珍叫道。

小女孩已经消失了。

我们从一扇边门溜回宿舍。很幸运，在走廊里没碰到查夜的辅导员，一个人也没有。

"迪朵——你回来了吗？"我们一进屋阿珍就叫道。

没有回答。

我打开灯。迪朵的床铺还是空的。

"快关掉灯。"艾维提醒我，"已经过了熄灯时间。"

我把灯关上，然后摸黑走向我的床铺，等着眼睛慢慢适应黑暗。

"迪朵到底在哪儿呢？"艾维问，"我真有点为她担心，也许我们该找个辅导员报告一下。"

"去哪儿找辅导员？"阿珍说罢，像一袋马铃薯似的扑通倒在床上，"宿舍里连一个辅导员都没有，他们都到外面什么地方去了。"

"我肯定迪朵是在哪里参加派对呢，把我们全给忘了。"我打着哈欠说，弯腰拉掉床上的罩子。

"你们觉得那个小女孩到底看到了什么？"艾维说着看了看窗外。

"艾丽西娅吗？我想她只是做了个噩梦。"我回答说。

"但她被吓得可不轻！"阿珍摇头说，"还有，她跑到外面来干什么？"

"就是呀，她为什么又偷偷地躲开我们跑掉呢？"艾维说。

"真古怪。"我咕哝道。

"是有点古怪。"阿珍也说。"古怪"是今晚的关键词。

"我得换上睡衣。明天可有的忙呢，我一定要再得两枚王币！"阿珍说着摸黑走向衣橱。

"我也是！"艾维哈欠连声地说。

阿珍拉开一个抽屉，突然尖叫起来："哦，不！这怎么可能？"

# 17  迪朵去了哪里？

"阿珍——怎么啦?"我叫着和艾维一起跑了过去。

阿珍盯着拉开的抽屉说："屋里太黑,结果我弄错了,打开的是迪朵的抽屉。但是,她的抽屉是空的!"

"什么?"艾维和我都是一声惊呼。

昏暗中,我凝目向抽屉看去,里面果然空无一物。"再看看壁橱!"我说。

艾维三步并作两步冲过去,一把拉开了壁橱门。

"迪朵的东西……都不见了!"艾维叫道。

"古怪!"我喃喃地说。"古怪"还是今晚的关键词。

"她为什么搬出去却不告诉我们?"阿珍问。

"她到哪里去了?"艾维困惑地说。

问得好,迪朵究竟去了哪里呢?我看着空空的壁橱,心中感到一阵惆怅。

早餐是一天中最喧哗的时候。勺子在盛麦片的碗里叮当作响，装橙汁的大玻璃杯不停地被拿起又放下，砰砰砰地磕在长条桌上。

　　所有人都在喧哗，似乎某个可以操纵音量的人，正不断地把声音调到最大。每个人都激动地说着今天要参加的运动，谈着今天要赢的比赛。

　　早上我最后一个冲凉，所以进到餐厅的时候，阿珍和艾维已经吃上了。

　　我看看两边的桌子，迪朵不在，还是踪影皆无。

　　尽管累得很惨，可我昨夜睡得并不安稳，心里一直想着迪朵和艾丽西娅的事。爸爸妈妈也让我担心，为什么过了这么久还联系不到他们？

　　爱略特的那张长条桌前坐的都是和他年龄相仿的男孩，他坐在桌子的一端，面前摆着一大块方格煎饼，他正往上面倒糖浆。

　　"爱略特——早上好啊！"我从桌子中间狭窄的过道挤过去和他打招呼。

　　可他连"早上好"都懒得说。"我今天上午有一对一的比赛，"他兴奋地说，"我就要赢到第三块王币了！"

　　"好啊！"我骨碌了一下眼珠说，"你有爸爸和妈妈的消息吗？"

　　他愣愣地看着我，好像一时想不起来他们是什么人。

然后他摇摇头说："还没有。这个夏令营真是一流的！咱俩算不算因祸得福？"

我没有回答，眼睛望向下一张桌子。我以为看见了迪朵，结果只是一个头发颜色和她相同的女孩。

"你赢到王币了没有？"爱略特问。他嘴里塞满了煎饼，糖浆顺着下巴直流。

"还没呢。"我答道。

他不屑地说："温蒂，我看营地应该为你把口号改了—— 永远争倒数第一！"

说罢他得意地笑了起来，同桌其他的孩子也都跟着哈哈傻笑。

我说得没错，爱略特真的自以为很幽默。

我心里记挂着迪朵，没心情陪他开那些幼稚的玩笑。"回头再找你。"我说。

我穿过桌子间的空隙，朝女孩那边走去。突然响起一阵欢呼和哄笑声，靠墙的一张饭桌爆发了一场扔煎鸡蛋的大战，三个辅导员飞跑过去制止。

阿珍和艾维的桌子坐满了。我在下一张饭桌边找到一个空位坐下，给自己倒了一杯橙汁和一碗玉米片。但我并没有太饿的感觉。

"嗨——"我一眼看到巴蒂从旁边走过，赶紧和他打招呼，但声音太吵他没听到，我只好跳起来追上去。

"嗨！你还好吗？"他看到我，微笑着打招呼。他刚洗完澡，黄头发还是湿漉漉的，散发着一股芳香的气味。

"你应该知道迪朵去哪儿了吧？"我问。

"迪朵？"他困惑地拧起了眉头。

"我同寝室的一个女孩，"我解释道，"她昨晚没回房间，衣橱也是空的。"

"迪朵……"他重复了一遍，似乎在努力回想，他把工作簿举到脸前，手指头在上面极慢地移动着，"哦，迪朵，她已经走了。"巴蒂说道，他的脸已经变成了粉色。

"什么？"我瞪大眼睛看着他，"迪朵走了？她去了哪里？回家了？"

他继续看着工作簿说："我猜是吧。这里只写着她走了。"他的脸红了。

"那可太怪了！"我说，"她连再见都没说就走了？"

巴蒂耸耸肩膀，向我笑了一下说："祝你玩得开心！再见。"

他说罢向大厅前面辅导员的餐桌走去，但我追上去拉住了他的胳膊。

"巴蒂，还有一件事。你知道一个叫艾丽西娅的小女孩吗？在哪里可以找到她？"

巴蒂朝屋子对面的一群小男孩挥挥手，喊道："加油！打败他们！永远争第一！"然后他转过身来看着我问，

"艾丽西娅?"

"我不知道她姓什么。她大约六七岁的样子，一头很漂亮的红色长发，脸上有很多雀斑。"

"艾丽西娅……"他咬着下唇，又举起了工作簿。

我看着他手指在名单上移动，等到手指头停下来，他的脸又变红了。

"哦，是的，艾丽西娅，她也走了。"他说着放下工作簿，向我做出了一个笑容。一个很奇怪、带着森森寒意的笑。

# 18　我又一次打电话回家

"阿珍！艾维！"我看到她们匆匆向餐厅外走去，连忙追过去，心急火燎地说，"等一下，我有件事要跟你们说！"

"不成，我们都快迟到啦。"阿珍用手理了理额前的刘海说，"如果不能按时到达排球场，就失去参赛资格啦！"

"是很重要的事！"我叫道。

但她们似乎没听到我的话，一溜烟儿地跑出门去，消失在早晨的阳光里。

我的心咚咚狂跳，突然间觉得全身发冷。

我找到弟弟，他正模仿拳击的动作和一个黄头发的瘦高男孩比画着玩。"爱略特——你过来！"我喊道，"就一分钟！"

"不行！"他叫道，"你不记得了？我还要参加一对一比赛!"

瘦高个儿的男孩疾步走出餐厅。我站到爱略特前边，挡住他的路。

"行行好吧!"他叫道，"我不想迟到。记得吉夫吗? 我是和他打。肯定能赢! 他块头虽然大，可反应实在太慢了。"

"爱略特，出了一些很奇怪的事!"我边说边把他逼到了墙根儿。往外走的孩子都扭头看着我们俩，但我已管不了那么多了。

"怪事怎么总是被你碰到!"爱略特吼道，"你到底让不让我去篮球场?"

他想从我旁边挤过去，但肩膀被我的双手牢牢地按在墙上。

"就听我说一秒钟!"我叫道，"这个营地有点不对头，爱略特。"我说着把手放开。

"你是说那轰隆声?"他说着一只手向后理了理头发，"只不过就是地下的某种气体而已。一个辅导员已经给我解释过了。"

"我说的不是这个。有些孩子不见了!"

他笑了："变透明了? 你的意思是说像大变活人一样，变没了?"

"爱略特!"我喝道，"严肃点，这一点都不好笑! 有人失踪了！知道我同寝室的迪朵吧？她是昨晚的优胜者，庆典之后她再也没回房间。"

爱略特收敛了脸上的笑容。

"吃早饭的时候，巴蒂告诉我迪朵走了。一点前兆都没有，就这么离开了！"我说着打了一个响指，"还有一个叫艾丽西娅的小女孩——她也不见了。"

爱略特棕色的眼睛端详着我，还是听不进我的话："孩子都是要回家的，这有什么大不了的？"

"那爸爸和妈妈呢？"我问，"他们肯定用不了多久就会发现房车脱钩了，可他们为什么到现在还没来找我们？为什么营地一直没和他们联系上？"

爱略特耸耸肩，满不在乎地说："这你可难倒我了。"他一闪身从我旁边绕了过去，边跑边说，"温蒂，你不开心只是因为你体育太差！我在这里玩得可是很开心。你千万别给我添乱……好吗？"

"但是……但是……爱略特——"我气急败坏地叫着。

他摇摇头，双手推开餐厅的大门，消失在阳光里。

我两手捏成拳头，真想痛揍他一顿。他怎么就是不听我的话呢？他难道看不出我多着急、多害怕吗？

爱略特是那种对什么事都不担心的孩子。向来每件事似乎都顺着他的心意，既然如此还有什么好担心的呢？

但多少挂念一下父母总是应该的吧？

爸爸和妈妈……

我慢慢向门外走去，心里沉甸甸的。他们难道出车祸了，所以才一直没来找我们？

温蒂，打住！别净往坏处瞎想，事情已经够糟糕的了！我告诫自己。

我突然想起了打电话回家。对，马上就打！在电话机上给爸爸妈妈留言！

我在路中间停下，四处寻找付费电话。一群姑娘拿着曲棍球棒走了过去。我听到长长的一声哨音，从网球场对面的泳池传来，紧跟着是孩子们跃入水中的一片扑通声。

大家都很开心——除了我。

我决定打完电话就去参加一项运动。必须找点事做，好让我忘掉那些可怕的忧虑。

我又回到主楼旁，那里有一排蓝白两色的投币电话。

我冲刺一般奔向离我最近的一部电话机，拿起听筒放到耳朵上，然后开始按家里的号码。

可还没等号码按完，我突然吃惊地大叫起来。

# 19　爱略特的篮球赛

"嗨——队员你好！"一个浑厚的声音热情洋溢地说道，"果冻王夏令营欢迎你！祝你在营地过得开心。尽力拼搏、尽情游戏、奋勇争先！并且牢记——永远争第一！"

"哦，不！"我叫道，"这是什么鬼录音！"

"嗨——队员你好！果冻王夏令营欢迎你……"录音开始重复。

我扔下听筒，拿起下一个电话。

"嗨——队员你好！果冻王夏令营欢迎你！"同一段话，同一个热情洋溢的声音。

我把每一部电话都试过了，都是同一段录音。没有一部电话是真的。

真正的电话在哪儿呢？总不会连一部能用的电话都没有呀！

我离开主楼，沿土路信步向前走去。走过昨晚和阿珍、艾维藏身的那丛灌木，心头不由得泛起一阵寒意——我又想起了艾丽西娅。

长满青草的山坡沐浴在明媚的阳光之中，我把手遮在眼睛上，瞧着一只黑金两色的帝王蝶，向一丛粉红色的天竺葵翩翩飞去。

我漫无目的地走着，看哪里能找到电话。到处都是孩子们的叫喊和欢笑声，大家都在尽情地嬉戏。只有我沉浸在自己的思绪之中，对外界的声音充耳不闻。

"嗨！嗨！嗨！"

我猛然一惊，停下脚步。是弟弟的叫喊声！我用力眨了几下眼，把注意力拉回到现实中。

原来我不知不觉走到了篮球场。爱略特和吉夫正在打一对一的篮球赛。

吉夫运球。球在沥青场地上砰砰山响。爱略特挥舞着双手挡在他面前，试图断球，但没有成功。

吉夫肩膀一沉，把爱略特撞到一边。运球到篮下，上篮。

"两分！"他叫道，脸上笑开了花。

爱略特懊恼地摇着头："你撞人犯规！"

吉夫假装没听到。他块头比爱略特大一倍，只要他愿意，完全可以把爱略特撞出去。

爱略特究竟凭什么觉得自己能赢?

"比分多少了?"吉夫问道,用手背擦掉前额上的汗珠。

"十八比十。"爱略特沮丧地说。我不用猜也知道输的是他。

我两手抓着球场边上的铁丝网,脸贴在上面看他俩比赛。

爱略特拿球,他不停地后退,想拉开一个空当。

吉夫上身前倾,紧贴着爱略特移动,同时伸出一只手提了提自己的运动短裤。爱略特瞅准机会,带球向前猛冲。他的眼睛盯住篮筐,举起右手,跳起投篮——可吉夫盖帽儿成功,一巴掌把球抢走了。

爱略特跳在半空,投出的只是空气。

吉夫运了两下球,举手投篮。

刷,球进了。二十比十。

几秒钟后比赛结束,吉夫赢了。他发出一声欢呼,抬手和爱略特互击一掌。

爱略特又皱眉又摇头。"只不过是运气好而已!"他嘟囔着。

吉夫掀起蓝色背心的前襟,擦掉脸上的汗水说:"就是,没见过运气这么好的! 我说,怎么着也得祝贺一下我吧? 你已经是我的第六个手下败将了。"

"什么?"爱略特看着他,两手按在膝盖上,呼呼地喘气,"你是说……"

"没错!"吉夫得意地笑起来,"我的第六枚王币!今晚我就要走上优胜者之路了!"

"恭喜你。"爱略特没精打采地说,"我还差三块呢。"

我突然有种被人监视的感觉。我松开铁丝网,向后退了一步。

是巴蒂。他站在路上,正盯着我。他抿着嘴巴,眉头紧皱,一副怒气冲冲的样子。

他在那儿站多久了?为什么这么生气?

他严厉的表情让我不寒而栗。

看到我转过身,巴蒂走了过来,蓝眼睛一直盯着我。

"温蒂,"他低声说,"很抱歉,但你必须得离开了。"

# 20　我又输一场

"你说什么？"我目瞪口呆地看着他。

他在说什么？我必须去哪里呀？

难道他的意思是，要我和迪朵、艾丽西娅一样地离开吗？

"你必须去参加一项运动。"巴蒂重复道，语气依然很柔和，但脸上严肃的表情没变，"你不能只是闲待着看别人比赛，果冻王可从不喜欢这种行为！"

我真想在那个丑陋的果冻脸上猛踩一脚。果冻王，多难听的名字！恶心死了！我恨恨地想着。

巴蒂刚才那副样子差点把我吓死。难道他是故意想吓唬我吗？

不会的。我很快作出了判断。巴蒂应该不知道我的心事。他怎么可能知道呢？

巴蒂快步走进篮球场，他拍拍吉夫的后背，给了他一枚金王币。"小伙子，干得不错!"他高声赞道，向吉夫亮出大拇指，"今晚优胜者之路见。永远争第一!"

我看到巴蒂和爱略特讲了几句话，爱略特不停地耸着肩膀，然后他说了句什么，让巴蒂笑了起来。我离得太远，听不到他们在说什么。

爱略特兴冲冲地跑去找别的比赛了。巴蒂大步流星走回我身边，一只胳膊搭在我的肩膀上，带我离开了篮球场。

"温蒂，我觉得你就是欠缺一点主动精神。"他说。

"也许是吧。"我答道。除此之外我又能说什么呢?

"既然如此，今天就由我给你安排一些项目，看你是否喜欢?"巴蒂说，"首先，我给你安排了一场网球赛。你会打网球，对吧?"

"就算会吧。"我说，"可我打得不太好，但……"

"网球赛之后，你到垒球场来，好吗?"巴蒂不理会我的话，继续说道，"我们会安排你加入一支垒球队。"

他对我露出一个热情的微笑："我想你会愿意参加球队的……是不是?"

"应该会的吧。"我答道。我想表现得更积极一点，但就是做不到。

巴蒂把我带到了后排的一个网球场上，一个年纪大约和我相当的非洲裔女孩，正在向一块壁板上打球热身。

看到我走过来，她回身和我打招呼："嗨，你好！"

"你好！"我答道。

我们相互作了介绍。她叫罗丝，个头儿很高，长得也很好看。她上身穿着紫色短背心，下面是黑短裤，我还看到她一边耳朵上戴着只银耳环。

巴蒂递给我一个球拍说："希望你玩得开心，温蒂。不过，你可不能轻敌哟，罗丝手上已经有五枚王币了。"

"你网球打得好吗?"我转着手里的球拍问。

罗丝点点头说："还不错，你呢?"

"我不知道。"我实话实说，"我和朋友向来只是随便打着玩。"

罗丝笑了。我很喜欢她的笑。她的笑声很低，发自喉咙，似乎有一种感染力，让人听了也想笑。"我可从来不是打着玩。"她说。

她说的是真话。

我们先打了几个球热身。罗丝越来越用劲，黑眼睛瞪得溜圆，似乎全身每一根神经都绷紧了，挥拍击球的狠劲儿哪像是热身，简直就是在打冠军杯的决赛！

等比赛正式开始，她打得更凶了。

我马上就知道，自己根本不是她的对手，能接住她的几个发球都算幸运。

罗丝很有风度。我看到，我双手握拍反手击球的打法，好几次让她暗自偷笑，但她并没有因我打得差就嘲笑我，反而给了我一些很有用的建议。

她连胜几局，赢得了比赛。

我向她表示祝贺。看得出，得到第六枚王币，确实让她非常激动。

一个我没见过的女辅导员走上球场，给她颁发王币。"今晚优胜者之路见！"辅导员笑着对她说。

接着辅导员转身看着我，用手向前一指说："温蒂，垒球场就在那座小山脚下。"

我谢了她，顺着她指的方向走去。"别走呀——跑着去！让大家瞧瞧你的精气神儿！永远争第一！"辅导员在我身后喊道。

辅导员应该没有听到，我嗓子眼儿里发出的一声极不情愿的呻吟，但我还是听话地跑了起来。

为什么这里每个人都来催我做这做那呢？为什么我不能就在泳池边躺着，晒晒太阳呢？

看到垒球场了，我的心情稍微好了一些。其实我很喜欢垒球的。做外野手我不太行，但击球还是蛮在行的。

我看看球队，都是有男有女的混合队。我还看到早上吃饭时和我同桌的两个女孩。

她们中的一个扔给我一支球棒，说："嗨！我是罗尼。你可以参加我们队，你会投球吗?"

"还可以吧。"我答道，球棒握在手上转了几转，"我放学以后偶尔在操场上练练投球。"

她点点头说："好的，前几局就由你投球了。"

罗尼把队员都叫过来，我们搭肩弯腰，聚集成一圈，大家依次报出自己的名字。还没确定位置的队员各自选定了自己的防守位置。

"如果我们赢了，每个人都能拿到王币吗?"一个男孩问，他肩膀上有一个画上去的老鹰文身。

"是的，每个人都有份儿。"罗尼答道。

大家发出一声欢呼。

"别高兴得太早，还没赢呢!"罗尼叫道。

她依次给大家排定击球顺序。由于我是投手，所以最后一个击球。

但既然手里拿着球棒，我就想练几下击球的动作，找找感觉。

我从大家旁边走开，站到三垒线后。

我把握棒的手向前移了移，小幅度地挥了几下。我喜欢靠前握棒，因为我不是很壮，这样握棒更能用得上劲。

球棒感觉不错，我又轻挥了几下。

然后，我把球棒扬到肩后——用尽最大力气猛地一抡。

　　我没瞧见巴蒂什么时候来到了旁边。

　　球棒狠狠地砸在他前胸上，嘭的一声，发出可怕的闷响。

　　球棒从我手里掉了下去。我看着他，目瞪口呆，简直要被吓死了。

# 21　一个没有感觉的人

　　笑容从巴蒂的脸上消失了，他的蓝眼睛直直地瞪着我。

　　他抬起手，用一根手指头指着我。

　　"我喜欢你靠前握棒的方式。"他说，"不过，也许应该给你找根轻点的球棒。"

　　"啊？巴蒂，你……"我大张着嘴巴，全身僵直，无法移动，站在原地愣愣地看着他。

　　他从地上捡起球棒："这球棒顺手吗？温蒂，再挥一次让我看看。"他说着把球棒递给我。

　　我用颤抖的手接过球棒，眼睛一直看着他，等着他叫出来，等着他捂住胸口瘫倒在地。

　　"有的铝球棒分量更轻些。"他说着抬手把黄头发向后理了理，"来，再来！"

我两腿打战，向旁走开几步，心想着可千万不要再打到他。我手向前握，挥了一下球棒。

"感觉怎么样？"他问。

"还……好。"我结结巴巴地说。

他向我跷了下大拇指，走开去和罗尼说话了。

天哪！我心里直犯嘀咕。这真是活见鬼啦！

我那一挥的力道，足以打断他几根肋骨，至少也会打得他背过气去。

但他似乎一点感觉都没有！

真是活见鬼啦！

吃晚饭的时候，我把事情对阿珍和艾维讲了。

阿珍嗤笑说："也许你挥球棒的力气并没有你自己想象的那么大吧？"

"你要是听到球棒打在他身上的声音，就不会这么想了！就像踩碎了鸡蛋，太可怕了。而他却跟什么都没发生一样，继续有说有笑。"我叫道。

"他可能要一直等到旁边没人的时候，才会跟杀猪似的叫起来吧？"艾维道。

我勉强陪着两个朋友笑了一阵，尽管我一点想笑的心情都没有。

真是太古怪了！

只要是人，前胸挨了那么狠的一下，不可能连"哎哟"一声都没有。

我们队以十分之差输了。是啊，出了那件事之后，谁还能有心思打比赛呢？

我望向餐厅那头辅导员用餐的桌子。巴蒂坐在桌子一头，正和霍丽谈笑风生。他似乎一点事都没有！

整个晚饭过程中，我时不时地抬眼看看他。一次次，我仿佛又听到那可怕的嘭的一声，看到球棒砸在他的肋骨上。我想把这件事从脑子里赶走，但就是做不到。

晚饭后，去跑道看优胜庆典的路上，我还在想着白天的事。

这晚的风很大，火炬抖得厉害，差点儿就熄了。

跑道旁边的树被风吹得弯下了腰，树枝像手指一样伸向地面。

进行曲响起，优胜者从我们面前走过，罗丝看到我，向我挥了挥手。吉夫骄傲地走在队尾，脖子上的金币叮当作响。

仪式结束后，我匆忙回到寝室，倒头就睡。想不通的事情太多了，我想赶紧睡着，把它们忘掉。

第二天早饭时，罗丝和吉夫也消失了。

# 22　跟踪

整整一上午，我四处寻找罗丝和吉夫，同时也在找我弟弟。我知道爱略特肯定是在哪里打比赛呢，但我从营地一头的足球场走到另一头的高尔夫球练习场，哪里都找不到他的影子。

爱略特难道也失踪了？

这可怕的想法不停地揪着我的心。

我们必须离开这个营地！

我在一条条交叉的小径上走着，心里反复默念着这句话。

果冻王的标志无处不在，那一小团紫色的糨糊，随时随地向我露出笑脸。我不停地走着，眼睛在每一张面孔上搜寻，但爱略特好像凭空消失了。我的心越来越慌。

巴蒂午饭后来找我，并把我带回到垒球场。"温蒂，你不能离开你的球队!"他严厉地说,"忘掉昨天。你还有机会,如果今天能赢,你们队的每一个人照样能得到一枚王币。"

我不想要什么王币!我只想要我的父母!想见我的弟弟!我想从这里出去!

今天我没做投球手,而是当左外野手,这给了我很多时间思考。

我拟订了一个逃亡计划。

逃走应该也不难,我想,趁着晚饭后大家都去参加优胜庆典,我和爱略特就可以神不知鬼不觉地溜出去。下山后,找到公路,我们就搭顺风车或者走路,去到最近的有警察局的地方。

有警察帮忙,肯定可以很容易就找到我们的父母。

嘿,计划一点都不复杂,是吧?现在唯一要做的,就是找到爱略特。

我们队以七比九输了。我被接杀出局。

别的孩子输球都很失望,我却一点都不在乎。

尽管我还是一枚王币也没赢到。

当我们返回宿舍的时候,我看见巴蒂远远地看着我,脸上一副不高兴的表情。

"温蒂——你下一项运动是什么?"他叫道。

我假装没听见,加紧脚步走掉了。

我的下一项运动是长跑——我闷闷不乐地想着——从这个鬼地方跑掉！

经过主楼的时候，大地又开始颤抖，发出轰鸣。但这一次我没去理会，而是一直跑回了宿舍。

我直到吃完晚饭的时候才看到爱略特。他和两个朋友正往餐厅外面走，他们高声说笑着，还互相撞着胸脯。

"爱略特！"我叫着从后面追上他，"嘿！爱略特——等一等！"

他转回身说："哦，是你！还好吧？"

"你忘了自己还有一个姐姐吗？"我生气地问。

他很无辜地看着我问："你说什么？"

"你都干什么去了？"我问。

他脸上露出一个灿烂的笑容。"赢这些东西去了。"他说着炫耀地举了举挂在脖子上的一串金币，"我已经有五枚了。"

"了不起！"我讽刺地说，"爱略特——我们必须得离开这儿。"

"什么？离开？"他不解地问，嘴巴、眉毛全皱到了一块儿。

"是的！"我坚决地说，"我们必须离开营地——就在今晚！"

"不行！"爱略特答道，"我不能走。"

孩子们纷纷从我们旁边走过，去观看优胜庆典。我跟着爱略特出了餐厅大门，然后把他拉到大楼旁边的草地上。

"你不能走？为什么？"我问。

"不赢够六枚王币我就不走！"爱略特说，举起他的金币项链在我眼前晃得叮当响。

"爱略特——这个地方很危险！"我叫道，"而且爸爸妈妈肯定……"

"你只不过是忌妒！"他打断我，又晃了晃他的项链，"你连一个还没赢到呢，不是吗？"

我双手紧握，恨不得一把卡住他的脖子。我真的很想！

这个变态的比赛狂！他总是什么都非赢不可。

我深吸一口气，尽量用平静的语气说："爱略特，你难道一点都不担心爸爸妈妈？"

他垂下眼睛说："有一点。"

"既然这样，咱们就赶紧离开这里去找他们吧！"我叫道。

"明天！"他答道，"明天上午的赛跑之后，等我赢到第六枚王币再走。"

我张了张嘴，想和他争辩。但又有什么用呢？

我知道他的倔脾气。如果他想赢够六枚王币，那么不赢到他是不会走的。我没法和他讲理，也不能硬把他拉走。

"那好，赛跑一结束，我们就离开。"我让步道，"不管你是输是赢。好吗?"

"好的，我同意。"他想了一会儿说，然后就跑去追他的朋友了。

今天的优胜者有四位。当我站在场边看着他们，心里不禁想起了前两天同样从这里走过的几个孩子。

迪朵、罗丝、吉夫……

他们都到家了吗? 是被父母接走了吗? 他们现在都一切平安吗?

也许我一直是在自己吓自己，我想。

营地谁不是开开心心? 为什么只有我非要担惊受怕不可呢?

随后我想起来，恐慌的人并非只有我一个。

艾丽西娅满是泪花的脸又浮现在我眼前。

她到底看到了什么，把她吓成那样? 她为什么要那么急切地警告我们离开呢?

也许永远也不会有答案了，我心想。

仪式结束之后，我并不想马上回宿舍。烦心事太多，回去肯定也睡不着。

孩子们纷纷向宿舍走去。我找机会闪进阴影，然后偷偷摸摸地沿着小路走上山坡，山上就是主楼。

我躲到一丛灌木后面，在草地上躺下。夜晚很凉，天空布满阴云，空气又闷又潮。

我望着头上的天空。星星和月亮都被云遮住了。很远的地方，有一个小小的红点在黑暗的天幕上缓缓移动。是一架飞机，它要飞到哪里去呢?

蟋蟀开始唱歌，风轻轻地吹拂着我的头发。

我仰望着没有一颗星星的天空，尽量放松，努力让自己平静。

几分钟后，我听到有人说话，还有脚步声。

我跪起身，在灌木后藏好。

说话声渐渐近了，我听到一个女人的笑声。

我透过树枝的缝隙，小心地向外观看。是两个辅导员，正沿路快步往山上走去。

后面还有一群辅导员，也在往山上走。他们都是一副急匆匆的样子。

我伏低身体，藏在阴影之中。

看他们的方向，估计是去主楼开会吧。我心里想着。

尽管夜晚很黑，他们的白短裤和白 T 恤还是很醒目。我避开他们的视线，远远地看着他们向山上走去。

让我意外的是，他们没去主楼。

在距离主楼入口几码远的地方，他们转身离开小路，钻进了树林。

他们要去什么地方？

随后，又有两批辅导员，也跟着进了树林。看来，这个营地仅辅导员就有百十来号人，这么多人，今晚都钻进了树林。

我等了很久，直到我确信所有的辅导员都走过去了，才慢慢站起身。

我向林中望去，什么都看不到，只有一重重的暗影。

突然，又传来了说话声，我急忙在灌木后重新藏好。

我透过枝杈的间隙向外看。是霍丽和巴蒂，他们肩并肩，大步流星地走了过去。

我等他们走远，急忙站起身，借着阴影的掩护，蹑手蹑脚地跟在他们后面进了树林。

我没时间去担心被发现了怎么办，我必须要知道他们去了什么地方！

巴蒂和霍丽踏着断落的树枝，拨开一丛丛拦路的高高的野草，在林中走得飞快。

令我惊讶的是，片刻后，视野中出现了一个低矮的白色建筑，在黑夜中似乎发着幽光。

建筑物贴地很近，顶部呈圆弧形，感觉就像是个因纽特人的圆顶屋。

这个奇怪的建筑是干什么用的？为什么要建在这么隐秘的地方？我心头充满了疑惑。

建筑物的侧面开了一个黑洞洞的入口，霍丽一弯腰走了进去，巴蒂紧跟在她后面。

我等了几乎有一分钟，然后小心翼翼地来到入口，心一直怦怦地狂跳着。

真是个奇怪的建筑！规模不大，表面又光又滑，像冰一样！

我向入口里面望了望，什么也看不到，也没有任何声音。

我犹豫了。该怎么办？我问自己。

我该进去吗？

答案是肯定的。

我深吸一口气，低头走了进去。

# 23　神秘的聚会

走下三级很陡的台阶，前面是一个过道，贴近地面处的一个小红灯，是唯一的光源。

我走进暗红的灯光里，停下来凝神细听。

前方不远处，依稀传来说话声。

我手扶光秃秃的水泥墙壁，慢慢向里移动。

声音发自右首边的一个房间，房门开着。

我轻手轻脚走到门外，偷偷向门里瞧。

房间呈长方形，里面非常宽敞，尽头处插着四支火把，火焰抖动，发出橙色的光芒。

屋子里有许多长凳，坐满了辅导员。对面一个矮小的舞台上，悬着一条紫色横幅，上面写着：永远争第一！

这可能是个小剧院，我想，或者是会议厅之类的场所。

101

但为什么要建在这么隐秘的地方？为什么辅导员们晚上要来这里聚会？

好在没等太久，我便知道了答案。只见巴蒂快步走上舞台，然后，他在橙色的光线中转过身，面向听众。

房间的这头没有火把，一片漆黑。我悄悄溜进门口。

进了房间，我踮起脚尖，贴着墙壁一点点移动。墙上开着一扇小门，估计里面是储物间一类的地方。我闪身躲了进去。

巴蒂高举双手。房间里马上安静下来，所有的辅导员都在凳子上坐得笔直，看着台上的巴蒂。

"这是一个重生的时刻！"巴蒂响亮的声音在水泥墙壁上碰撞回荡。

辅导员们直挺挺地坐着，没有人移动，全场鸦雀无声。

巴蒂从口袋里拿出一条长长的金链子，上面悬着一枚金币。肯定是一枚王币，我心想。

"这是我们心灵重生的时刻！"巴蒂激昂地说道，"这是重温我们使命的时刻。"

他高高举起金链，慢慢地摆动，金币缓缓地悠荡着，一来一去，在火把的映照下闪闪发光。

"清除你们心中的杂念。"他的声音越来越柔和，"清除你们心中的杂念，像我一样，清空自己的心。"

金币缓慢地摆动，摆过来，摆过去，摆过来，摆过去。

"清除……清除……清除杂念。"巴蒂一遍遍念着。

他在给大家催眠！我一下醒悟过来。

巴蒂在催眠所有的辅导员，而他自己也被催眠了！

我向前迈了一步，难道是我听错了？我几乎不敢相信自己的眼睛和耳朵！

"清除你的杂念，洁净你的心灵。"巴蒂继续说道，"为主人服务，这就是我们的使命。为了他的荣耀，服务于他的荣耀！"

"为主人服务！"辅导员同声念道。

主人是谁？我疑惑地想着。

他们到底在说什么？

巴蒂继续向听众灌输着口号。他的眼睛睁得溜圆，一眨不眨。

"我们没有思想！"他高声道，"我们没有感觉！我们献出一切为主人服务！"

突然间，我的一些问题有了答案。

我终于明白，被我的球棒砸中肋骨的时候，巴蒂为什么一声不吭，为什么没有当场瘫倒。

他已经没有任何感觉了！

他处在被催眠的状态，感觉不到球棒，什么也感觉不到!

　　"永远争第一!"巴蒂叫道,两只拳头在空中一挥。

　　"永远争第一!"辅导员们跟着重复。他们的眼睛一眨不眨,一张张面孔在跳动的橙色火光中,有如僵尸般诡异可怖。

　　"永远争第一! 永远争第一!"

　　他们反复地喊着,声音在墙壁间回荡;全身上下,只有嘴巴在动,像呆呆的木偶一样。

　　"永远争第一! 只有优胜者,才有资格给主人服务!"巴蒂喊道。

　　"永远争第一!"众位辅导员又重复了一次。

　　在整个催眠的过程中,巴蒂一直高举着金链在头上来回晃动,现在,他收起金币,放回短裤口袋。

　　房间里重又安静下来。

　　压抑而异样的安静。

　　就在这个时候,我打了个喷嚏。

# 24 地 道

我伸手捂嘴。

但已经太晚了。

我又打了一个喷嚏。

巴蒂吃惊地张大了嘴巴。他伸出一根手指头,直直地指向我。

几个辅导员跳起来,转身向后查看。

我看着门口。能在他们抓到我之前逃出去吗?

不可能。

我根本跑不到那儿。

腿抖得厉害,但我强迫自己,慢慢向后退。

我干吗要进屋来呢? 站在门口多安全!

"谁在那儿?"巴蒂喊道,"是谁?"

还好! 幸亏够黑,他并没看到是我。

但用不了几秒钟，他们就会发现我，把我拉到火光里。

我又向后退去，一步，又一步。黑暗越来越浓。

我转过身。

"呀!"

我忍不住轻轻叫了一声。再多退一步，就会从又陡又高的台阶上跌落下去!

这哪里是什么储物间!

黑色的石头台阶一直向下延伸。它们通向何方?

我不知道答案。但我别无选择，这台阶是我逃生的唯一希望。

我贴着墙壁，快速向下走去。

鞋子在石头台阶上直打滑，我差点跌了个倒栽葱，万幸双手抓牢了墙壁，没有失去平衡。

台阶一直向下，向下。

空气变得越来越闷热，有一股很难闻的味道，就像变质的牛奶。我屏住了呼吸。

台阶下面传来一阵低沉的类似呻吟的吼声，听起来好奇怪。

我停下脚步喘口气，竖起耳朵听着。

低沉的吼声再次响起，接着一股恶臭扑鼻而来。

我转身向后看了看。他们追上来了吗? 他们有没有看到我逃下了台阶？应该没有，我当时站的地方太黑了。

我听不到后面有人。他们并没有追上来。

下面是什么东西这么臭？

我真想马上停下来，我不想再往下走了。

但我别无选择，辅导员们肯定还在上面搜索我呢。

我一手扶住石壁，继续向下走去。

台阶下面，是一条狭长的地道，尽头处透出微光。远处又传来一声低吼，地面也震动起来。

我深吸一口气，快速向地道尽头处走去。鞋子踩在水坑里，溅起一片片水花，空气变得越来越闷热。

这地道通向什么地方？会把我带回地面吗？我心里做着各种猜测。

快到地道尽头时，迎面一阵臭气把我呛得咳嗽起来。我拼尽全力，止住胃部的翻腾。

世界上还有这么恶心的味道！

像烂肉或臭鸡蛋，像被太阳晒了很多天的垃圾！

我双手捂着嘴巴。臭味无比强烈，我的舌头都能感觉到！

我开始作呕。一下，两下。

别想臭味了！我命令自己。想点别的，想想鲜花，想想香水。

无论如何，我都不能呕吐。

107

然后，我用两根手指捏住鼻子，跌跌撞撞跑到地道尽头。

　　前面是一个巨大空旷的房间，灯火通明。

　　我停住脚步，呆呆地看着。我一生中从未见过如此丑陋、可怕的东西。

# 25  又见迪朵

我眯起眼睛，以适应突然到来的光亮，只见几十个孩子各自拿着抹布、水桶和水管正忙碌着。

一开始，我以为他们在清洗一个巨大的紫色气球，比感恩节游行时的任何巨型气球都大！

有的孩子在气球上浇水，有的用湿抹布给它擦洗。猛然间，气球发出一声低沉的吼叫！

此时我才意识到，眼前的不是气球，而是一个有生命的怪物！

它就是果冻王！

根本不是什么可爱的小吉祥物，而是无比巨大的一坨紫色黏糊肉，有房子那么大，上面还戴着顶金王冠。

它头部有两个湿乎乎的黄色大眼睛，转来转去。只见它吧嗒了一下肥厚的紫嘴唇，又发出一声低吼。这震天动地的吼声，原来只是它在哼哼。在它巨大的鼻孔里，长满了长毛，不断滴下大团的白色黏液。

怪物身上发出一阵阵恶臭，捏住鼻子都挡不住。那味道像烂鱼，像腐烂的垃圾，像变质的牛奶，像焚烧橡皮——像所有这些气味加在一起！

金色王冠在它黏糊糊、湿漉漉的头上微微颤抖；紫色的大肚皮不停地起伏鼓动，好像里面有海浪在拍打。它喷出一个臭嗝，连墙壁都震得直颤。

几十个孩子围着丑陋的怪物团团转，拼命地干活，给它喷水，用抹布、海绵和刷子给它擦身。

他们干活的时候，不停地有一些圆形的小东西，像雨点一样从怪物身上落下来，掉在他们身上，掉在地板上。咔嗒、咔嗒、咔嗒声响个不停。

是蜗牛！

蜗牛一批批从果冻王的皮肤里钻出来，密密麻麻像汗珠一样。

我不禁又开始作呕想吐。

我两手捂着嘴，跟跄着退回地道。

那些孩子，他们怎么受得了那可怕的恶臭？

他们为什么要给它洗澡？为什么干得这么拼命？

我倒吸了一口气，他们当中有几个我认识！

艾丽西娅！

她用两只手举着一根水管，正给果冻王起伏的大肚皮浇水。她的红头发湿漉漉地粘在前额上，她一边拼命地干活，一边号啕痛哭。

我看到了吉夫，他拿着一块抹布，发疯似的上上下下给那怪物擦身。

我张嘴想叫他俩，但一口气憋在嗓子眼儿里，发不出任何声音。

突然，有一个跟跟跄跄的身影向我跑来，跑出光亮的房间，跑进了黑暗的地道。

是迪朵！

她一只手里抓着块还在滴水的海绵，黄头发水淋淋的，衣服也是又皱又湿。

"迪朵！"我终于能发出声音。

"离开这里！"她叫道，"温蒂——快跑！"

"但是……但是……"我结结巴巴地说，"这是怎么回事？你们在干什么？"

迪朵抽泣了一下，低声说："优胜者之路！只有成为优胜者，才有资格做果冻王的奴隶！"

"什么？"我张口结舌地看着瑟瑟发抖的迪朵。她全身都被冷水淋湿，不停地打着寒战。

"你看不出来吗？"迪朵叫道，"这里的孩子都是优胜者，都是赢到六枚金币的人！果冻王要挑选最强壮的孩子来给它服务！"

蜗牛还在不断地从怪物的皮肤里冒出来，滴滴答答落到坚硬的地面上。它张开肥胖的嘴唇，又轰地打了一个嗝儿，一阵臭气马上熏了过来。

"但这都是为什么？为什么你们要给它洗澡？"我问迪朵。

"它……它，每时每刻都要有人给它淋水！"迪朵抽泣道，"它必须保持湿润，它受不了自己的味道！所以它挑选最强壮的孩子，弄到下面来，不分白天黑夜地给它洗澡冲水！"

"但是，迪朵……"

迪朵不等我说完，又接着说道："如果我们停下来，如果我们想歇口气，就会被它吃掉！"迪朵全身都在发抖。"它……它今天已经吃了三个孩子！"

"不！"我叫道，惊恐地喘着粗气。

"它太恶心了！"迪朵哭诉着，"它身上那些可怕的蜗牛……还有那可怕的臭味。"

她抓着我的胳膊，手又湿又冷。"辅导员都被催眠了，"她低声说，"他们都被果冻王控制了！"

"我……我知道。"

"离开这里！快！"迪朵恳求道，用力握着我的胳膊，

"找人来救我们，温蒂。拜托了……"

　　一声愤怒的咆哮让我们俩都惊跳起来。

　　"哦，不!"迪朵喊道，"它看到我们了! 一切都完了!"

# 26 赛跑

怪物又发出一声咆哮。

迪朵松开抓着我胳膊的手。我们都打着哆嗦，转头望向果冻王。

它在对着屋顶咆哮，目的只是恐吓孩子们。它那双黄眼睛闭着，没看到我和迪朵——至少目前还没看到。

"去找人帮忙!"迪朵低声说。然后她举着海绵，跑回到原来的位置，在果冻王身上拼命擦了起来。

我钉在原地动弹不得，因为恐惧，因为这一切实在难以置信!

又一声隆隆的咆哮，把我从迷茫中唤醒，向地道另一头跑去。

至少现在我知道，为什么地面会经常震动了。

恶臭一直追着我，穿过地道，跑上曲折的台阶。我担心这气味会永远跟在我身后，我不知自己是否还会有自由呼吸的一天。

怎么才能救出这些孩子？我问自己。我能做什么？

强烈的恐惧使我无法清晰地思考。

我在黑暗中奔跑，脑子里都是果冻王那可怕的形象。我想象它吧嗒着恶心的紫色嘴唇，想象它转动着黄色眼珠，想着那些恶心的黑色蜗牛一粒粒钻出它的皮肤。

跑上台阶顶端的时候，我觉得自己快要支持不住了。但我知道现在不是为自己担心的时候。我必须想办法营救那些被迫给果冻王当奴隶的孩子，必须救出营地里其他的孩子——在他们也沦为奴隶之前。

回到我原先以为是储物间的地方，我探头向屋内看。小舞台前的四支火把还在燃烧，但屋子里已空无一人。

辅导员都去了哪里？会不会是去外面进行搜索了？

有可能。

我应该去哪儿呢？我绝不能在这个地方过一夜，我必须呼吸点新鲜空气。我必须找到一个可以静心思考的地方。

我小心翼翼走出低矮的圆顶屋。天上还是连一颗星星都没有，我藏在一棵大树后面，四下观望。

一道道白光在树林里晃动，照亮了一个个角落。

没错！我知道他们还在找我。

我向后退却，躲开手电筒交叉的光束。我悄无声息地在树木和高高的野草中穿行，走向主楼前的小路。

我要不要赶回宿舍向大家说出真相？会有人相信我吗？辅导员会不会守在宿舍，正等着我自投罗网？

路上有人说话。我躲到大树后面，看着两个辅导员走过去。他们的电筒在山坡上形成很大的光圈。

等他们走出视线，我连忙从树后跑出来，急奔下山。我一直在阴影里躲躲藏藏，走过了游泳池，走过了网球场。一切都笼罩在浓重的黑暗和寂静之中。

田径场旁有一片高高的树篱，正是个很好的藏身之所。我拨开枝叶，一猫腰钻了进去，跪在地上，紧张地喘息着。

我躺在尖利的松针上，向四外看了看，只有无边的黑暗。

我深吸一口气，然后再深吸一口。夜晚的空气如此甜美。

我必须思考，我告诉自己，必须……

一阵喊叫声将我惊醒。

我什么时候睡着了？这是哪里？

我眨了几下眼睛，坐起来伸了伸胳膊。

我身体发僵，背疼得厉害，似乎浑身上下的每一块肌肉都在疼。

我向四周看了看，发现自己还在树丛里。这是一个灰蒙蒙的早晨，太阳还没钻出云层。

那是什么声音？

孩子们的呐喊助威声？

我爬起来，透过枝叶的缝隙向外看。

是孩子们在赛跑！比赛已经开始了！

六个男孩，都穿着短裤和 T 恤，身体前倾，在跑道上疾驰。边上有一群孩子和辅导员在给他们加油。

跑在最前面的是……

爱略特！

"不！"我声嘶力竭地叫道。刚刚睡醒，我的嗓子还哑着。

我从树篱里出来，穿过草地向跑道走去。

我必须阻止他，不能让他赢得比赛，决不能让他拿到那第六枚金币！否则，他也会变成一个奴隶！

他奋力地奔跑着，把另外五个孩子远远抛在身后。

我该怎么办？怎么办？

惊慌之中，我突然想起了我们的暗号。

我的能让爱略特松弛下来的呼哨！

他听到我的信号，就会慢下来的。我告诉自己。

我把两根手指放进嘴里，用力一吹。

没有声音！我的嘴里太干了。

117

我的心怦怦狂跳，我又试了一次。

还是没有声音！

爱略特跑进最后一个弯道。现在已经没有任何办法能阻止他获胜了。

# 27　返回地宫

已经没有任何办法——除非我自己过去阻止他！

我发出一声绝望的呼喊，不顾一切地向跑道冲去。

我的眼睛里只有爱略特和他前面的终点线，鞋子飞一般拍打着脚下的草地。快！更快！

我要是真的能飞就好了！

爱略特离终点越来越近，助威声越来越高。其他五个孩子被远远甩在后面。

我的鞋子终于踏上了跑道。我的肺似乎马上就要爆炸，每吸一口气都疼得厉害，呼吸声比拉风箱还响。

再快一点，再快一点！

人群发出惊呼，我冲到了爱略特背后，伸出双手，扭住了他的胳膊。

我们双双跌倒，滚出跑道，滚到了草地上。其他五个孩子从我们身边跑过，冲向了终点。

"温蒂！你神经病！"爱略特尖叫道。

"我……我现在没法解释！"我向他吼道。我拼命地喘气，拼命想止住肺部的疼痛。

我爬起身，把爱略特也拉起来。他生气地甩开我的手："为什么，温蒂？你这是为什么？"

三个辅导员向我们跑来。

"快跑！"我大喝一声，把他往前一推，"什么也别问，快跑！"

我想他是看出了我眼中的恐惧，意识到我把他摔倒，实在是孤注一掷的行为；我想他看出了我有多认真。

爱略特不再抱怨，拔腿就跑。

我带着他跑过草地，跑上主楼前的山坡，跑进树林。

"咱们这是去哪里呀？"爱略特气喘吁吁地问，"到底出了什么事？"

"你马上就知道了！"我叫道，"作好准备，前面会有很臭很臭的气味！"

"什么？温蒂——你真的精神失常了吗？"

我没有回答，脚下生风，很快就到了林中那个圆顶建筑。

我回头看看，没有人追上来，于是弯腰进了入口。

我和爱略特一前一后，走进昨晚辅导员接受催眠的屋子。火把已经熄了，屋内一片漆黑。

我顺着墙壁，摸黑找到通往暗道的小门，推门进去，和爱略特一起走下曲折的石头台阶。

下到一半的时候，一阵臭气扑鼻而来。爱略特双手紧紧捂住鼻子和嘴巴，闷声叫道："真臭!"

"前面会越来越臭。"我提醒他，"你尽量别去想它。"

我们并排跑过长长的地道。我很希望能预先给爱略特一个警告，让他有所准备，知道自己将看到的东西有多么可怕。但我已经顾不了那么多。

迪朵、艾丽西娅和其他的孩子，分分秒秒都在等待我的救援，我必须抓紧时间!

臭气熏天，呛得我喘不过气。

眼前突然一亮，我们冲进了果冻王的"寝宫"! 只见孩子们拿着十几根水管，一齐向怪物身上喷水，像上足了发条的木偶一样，拼命地给它擦身。怪物则不时满意地叹息和哼哼着。

我看到爱略特脸上的惊诧和恐惧，但现在不是安抚他的时候。

"卧倒!"我双手拢在嘴上，拼尽全力吼道，"所有人，马上卧倒!"

是的，我是想到了一个主意。

但它会奏效吗?

# 28  大战果冻王

怪物吃惊地睁大了它浸了水一样的黄眼睛，胖胖的厚嘴唇一分，露出嘴里伸缩闪动的两条粉色的舌头。

几个孩子听到我的喊声，扔掉水管和抹布扑倒在地。其他的孩子都转过来，惊异地看着我。

"别给它洗啦！"我叫道，"放下水管和刷子！大家不要再干了！快趴到地上！"

爱略特在我旁边艰难地呼吸着，他拼命硬撑着，不让臭气把自己熏倒。

孩子们遵从我的指示，纷纷卧倒在地。果冻王见状发出一声怒吼，大量白色的黏液从它的鼻孔滴落，两条舌头在它嘴巴里快速地伸缩，像两道粉色的闪电。

"卧倒！"我向孩子们叫道，"趴着别动！"

此时，伴着一声恶心的呻吟，怪物身体向前倾，全身的黏糊肉都跟着颤巍巍地抖动起来，只见它伸出一只紫色的胖胳膊，向——

向艾丽西娅抓去！

"救命！它要来吃我！"艾丽西娅尖叫着，想从地上爬起来。

"不！"我吓得大叫一声，"趴下！趴着别动！"

艾丽西娅发出一声惶恐的哭喊，又趴回到地上。果冻王的胖手落到她身上，拨来弄去，想把她抓起来。没有成功。又试了几次，还是不成。

我猜对了！怪物的手指太粗太笨，抓不住平躺在地上的人！

果冻王仰起头，发出一声愤怒的咆哮。

我手捂鼻子，抵挡越来越强的臭气。密密麻麻的蜗牛从它身上冒出来，噼里啪啦掉了一地。

怪物双臂乱舞，歪过身子，想去抓别的孩子。

但大家都紧贴着地面，怪物拿他们一点办法都没有。

黄眼珠在怪物巨大的黏糊头上疯狂地转动着，它又吼了一声，不过这一次声音已经弱了很多。

空中弥漫着强烈的臭气，我无处可逃，眼睛被臭气熏得生疼。

果冻王挣扎着想抓起一根水管，却怎么也抓不住；它用手猛拍水桶，无望地想把水花溅到自己身上。

我看着果冻王的每一个举动，紧张得浑身发抖。

我的计划成功了！我就知道会成功的。决不能失败，否则……

臭气更浓了。我的舌头、我的皮肤，都能感觉到那强烈的臭味！

果冻王双臂狂挥乱舞，绝望地挣扎着，想弄一些水到自己身上。

它的咆哮随后变成呻吟。它的身体开始颤抖。

我猛然倒抽一口凉气。只见果冻王恶狠狠地盯住了我，抬起一根粗大的紫色手指，冲我点了一点，似乎在责备我这个罪魁祸首！

它身体前倾，探出巨手。

我吓坏了，浑身发抖，已经不会动了。

它的手搭到我身上。不等我有所反应，它黏糊糊、臭烘烘的手指已经开始收紧，把我握在了当中。

# 29　脱　险

"呀!"我发出一声惊骇欲绝的呻吟。

又胖又湿的手指握得更紧,一浪一浪的臭气在我脸前升腾。

我屏住呼吸,但臭气无孔不入!

怪物的手指握得更紧并把我抓离了地面,慢慢向它张开的巨口送去,它那两条舌头在口中像毒蛇一样伸缩着。

正在这最危急的时候,它的舌头突然无力地耷拉下来,垂在唇外。手指头也松开了。

我身子一滑,脱出了它的魔爪。

果冻王发出一声低吟,像一座肉山般向前倒去。孩子们连滚带爬地躲开了。

果冻王一头栽倒,肥胖的身体砸在地上发出轰隆一声巨响,王冠滚出好远。

"耶!"我高兴地叫道。

我的身体还在发抖,果冻王手指头又黏又湿的感觉还留在我的皮肤上,怎么也摆脱不掉。

我的计划百分百成功!只要停止给它洗澡,果冻王就会被自己的臭气熏死!

"你没事吧?"爱略特用颤抖的声音问。

我点点头说:"没事,我很快就会好的。"

爱略特捂着鼻子说:"从今以后,我再也不会嫌爸爸的花肥臭了。"

孩子们欢叫着,纷纷从地上爬起来。

"谢谢你!"艾丽西娅喊着,冲过来一把抱住我。其他人也都跑过来向我道谢。

我们一路拥抱着,哭哭笑笑,走过地道,走出圆顶屋,来到外面的树林。

"我们终于出来啦!"我快活地向爱略特大喊。

但是,走到林边,大家陡然停住脚步——几十名辅导员,清一色穿着白 T 恤白短裤,在路上一字排开,拦住了我们。

我一张张脸看过去,只从他们凶恶的表情,就知道来者不善,决不是为了欢迎我们。

巴蒂走上前来,向其他辅导员做了一个手势,喝道:"一个也别让他们跑了!"

126

# 30 最后一枚王币

辅导员排成一列，向我们逼近。

他们的脸上还是一副凶狠的表情，没有丝毫变化；胳膊垂在身边，一动不动；步伐机械，像机器人一样，好像是在梦游。

他们又向前迈进了两步。

突然间，一声刺耳的尖啸，打破了寂静。

"站住别动！谁都不许动！"一个男人的声音高叫道。

又是一声凄厉的尖啸。

我转过头，看到几个穿着蓝色制服的警察，正向山上跑来。

辅导员们纷纷开始摇晃脑袋，眨巴眼睛，发出低低的惊叫。他们并未试图逃走。

"我们这是在哪儿？"我听到霍丽在喃喃自语。

"这是怎么回事?"另一个辅导员问。

他们都显得异常迷惘、困惑。警笛声似乎把他们从恍惚的状态中惊醒了。

警察接二连三地冲到了我们跟前,大家爆发出一片欢呼。

"你们怎么知道我们被困在这里了?"我问道。

"我们不知道。"一个警官答道,"一股可怕的臭气飘到镇里,我们想查明臭气的来源,就循着它一直找到了这里。"

哈!我想不笑都不行。除掉果冻王的臭气,我又一次成了大功臣!

"我们不知道这个营地有问题。"一个警察说,"我们会尽快联络你们的父母。"

爱略特和我领头下山。我们现在只想尽快见到爸爸妈妈!

辅导员们一个个喃喃自语,不住地东张西望,想搞清楚究竟发生了什么事。

我和爱略特从巴蒂身边走过。"你感觉好些了吗?"我问。

他眯起眼睛,费力地看着我,似乎还处在浑浑噩噩的状态中。"永远争第一。"他梦呓般说着,"永远争第一。"

128

爱略特和我从来没有因为回家而这么高兴过。

"你们怎么这么久才找到我们?"爱略特问。

爸爸妈妈听了直摇头。"为了找你们,警察把所有的地方都查过了。"爸爸答道,"他们给营地打过几次电话,接电话的辅导员说你们不在那儿。"

"我们急死了,真的吓坏了。"妈妈咬了咬下嘴唇说,"一看房车竟然是空的,我们都吓傻了!"

"不管怎么说,我们现在安全到家啦!"我笑呵呵地说。

"也许,明年夏天该给你们俩找一个真正的夏令营!"爸爸说。

"哦……千万不要!"爱略特和我同声叫道。


两星期后,家里来了位不速之客。

我打开门,门口站着巴蒂!他的黄头发梳得整整齐齐,下身穿着棉布裤子,上身是一件蓝白条纹的运动衫,还系着一条深蓝色领带。

"我对营地发生的事非常非常抱歉!"巴蒂说。

我目瞪口呆,手把着房门,一句话也说不出来。他的突然出现,依然让我震惊不已!

"爱略特在家吗?"巴蒂问。

"嗨!巴蒂!你好啊!"爱略特从我身边冒了出来。

"我给你带来了这个。"巴蒂说着,伸手从裤袋里掏出一枚金币。

"一枚王币。"他对爱略特说,"你赛跑赢的,记得吗?实际上第一名应该是你!"

爱略特伸手去拿,又停住了,手悬在半空。

我知道弟弟在想什么。这是他的第六枚王币!

他应该要吗?

终于,他一把抓了过来。"谢谢你,巴蒂。"爱略特说。

巴蒂挥手和我们道别。我和爱略特一直目送他钻进一辆小车,远远地开走了,然后才返身关上房门。

"你确定该要吗?"我问。

"为什么不要?"他答道,"反正那个怪物已经死了……对吧?能有什么事呢?"

五分钟后,我们同时闻到了可怕的气味。

"真难闻!"爱略特叫道,他艰难地吞了吞口水,磕磕巴巴地说,"温蒂,这……这是什么味儿?"

"我……我不知道。"我答道,声音已经开始颤抖。

妈妈在我们身后笑了起来。我们转过头,见妈妈站在厨房门口。"怎么,难闻吗?我正在炉子上炖包菜呢!"她笑着说。

# 雪怪复活

# 1 暗房里的意外事件

我这一辈子，都盼着看到雪。

我的名字叫乔丹·布莱克。在我十二年的生活里，只有阳光、沙滩和游泳池中的漂白粉。我从来没有冷过——除非你把超市的空调也算上。但我觉得不算，因为超市里不会下雪。

我说从来没有感觉过冷，指的是在一次历险之前。

有人会觉得我很幸运，住在加利福尼亚的帕萨迪那市。这儿一年四季阳光普照，温暖宜人。这话倒也没错，我想。不过，如果你从来没有见过雪，那么，雪这种东西，听起来就有点像科幻电影里的物体了。

从天上掉下来的、轻柔的、白色的、凝固的水？堆积在地面，你可以用它建城堡、造雪人、滚雪球？你得承认，听起来确实挺诡异。

有一天，梦想成真了，我终于见到了雪。事实证明，它比我想象的还诡异。

诡异到了极点。

"注意了，孩子们，很酷的哦。"

在暗房的红色灯光下，爸爸眉飞色舞。我和妹妹妮可在一旁看他冲胶卷。他用镊子夹起一张特殊的纸，将它泡进化学药水里。

我从小到大一直在看爸爸冲胶卷。他是一位职业摄影师。不过，哪一次的照片都没有让他这么兴奋过——他经手的照片可是多得很。

爸爸拍的是自然景物，嗯，确切地说，他什么都拍。

他没有不拍照片的时候。妈妈说，当我还是小宝宝时，有一次，看到爸爸，我居然立即号啕大哭。因为，当时他眼前没有一架照相机，我就不认得他了。我之前一直以为镜头是他的鼻子！

家里到处都是叫我难为情的照片——鼓鼓囊囊系着尿片的我，吃成大花脸的我，摔破膝盖放声痛哭的我，欺负妹妹的我……

爸爸刚从大梯顿山旅行回来。它位于怀俄明州，属于落基山脉。在那里拍的照片让他激动得要命。

"真希望你们两个小家伙也能看到那些熊，"爸爸说，"有一大家子呢。小熊崽儿让我想起你们俩——没完没了地打打闹闹。"

打闹。哈！爸爸以为我和妮可是打闹。这样说太客气了。妮可——万事通小姐——简直让我发疯。

有时候，我真希望她根本就没生出来过，而且，我决心要让她也这么想，让她也后悔来到这个世上。

"你真应该带上我们一起去大梯顿山，爸爸。"我埋怨地说。

"怀俄明州这个季节还非常寒冷。"妮可说。

"你怎么知道，万事通小姐？"我戳戳她的肋骨，"你又没去过怀俄明州。"

"爸爸去那里的时候，我从关于那里的书上看到的，"她说道，"如果你想多学一点的话，图书馆里有一本这方面的画册，乔丹。它正好适合你——是给初学者看的。"

我想不出什么话来回击她。这是我的问题，我在斗嘴这方面反应太慢。所以，我又戳了她一下。

"嗨，嗨，"爸爸咕哝着说，"别动手动脚的，我在工作呢。"

笨蛋妮可。不是说她智商低——她聪明着呢。但她还是有点儿笨，这是我的看法。她聪明到不用读五年级的地步——直接跳到我的班上了。她比我小一岁，却和我同班——而且还拿全A。

爸爸的照片泡在装化学药品的容器里，上面的图像慢慢浮现。"你在山上的时候，下雪了吗，爸爸?"我问。

"当然，下了。"爸爸聚精会神地忙着。

"那你滑雪了吗?"我问。

爸爸摇摇头："工作太忙。"

"那滑冰呢?"妮可问道。

妮可总摆出一副无所不知的样子。不过，她和我一样，也从来没有见过雪。我们没离开过南加利福尼亚——光凭我们的模样，你就能看得出来。

一年到头，我俩都晒得黑黑的。因为总是泡在社区的游泳池里，池水中的氯让妮可的金发有点发绿，我的金发则夹杂着一绺一绺的褐色。我们都是学校游泳队的成员。

"我敢打赌，现在妈妈家一定在下雪。"妮可说。

"也许。"爸爸应道。

爸爸和妈妈离婚了。妈妈刚刚搬到宾夕法尼亚州。我们打算去她那里过暑假，但在学年结束以前，得在加利福尼亚和爸爸住。

"你出门的时候，我想去妈妈家。"我说。

"乔丹，这个问题已经说过了，"爸爸听起来有点不耐烦，"等妈妈把新家收拾好了，你才能去。现在她连家具都还没有呢，你打算睡在哪里?"

"就是睡在光秃秃的地板上，也比听巫婆太太在沙发上打呼噜好。"我嘟囔一句。

爸爸外出的时候，由巫婆太太照看我和妮可。她是一个噩梦。每天早上，我们都被迫打扫自己的房间——她检查的时候，连一粒灰尘都不放过。她给我们做的晚餐，没有一顿不是肝、甘蓝、鱼头汤，加一大杯豆奶。

"她的名字不是巫婆，"妮可纠正我，"叫乌托。"

"我知道，万事通小姐。"我故意说。

在暗房的红光下，照片越来越清晰。爸爸的声音里透着一股兴奋劲儿。

"如果这些照片效果好的话，我可以用来出版一本书，"他说，"书名就叫《怀俄明的棕熊》，拍摄者加利森·布莱克。嗯！读起来朗朗上口。"

他说完，从药水里取出一张照片，盯着它看了起来。照片还在不住地滴着水。

"真是怪事。"他喃喃地说。

"什么怪事？"妮可问。

他放下照片，没说什么。妮可和我盯着照片看。

"爸爸——"妮可说，"我不想扫你的兴，不过，我觉得那像是一只玩具泰迪熊。"

就是一只不折不扣的泰迪熊。一只胖嘟嘟的棕色玩具熊，它正坐在草地上歪着嘴笑。这可不是大梯顿山上常见的动物。

"一定是什么地方出错了，"爸爸说，"等其他照片冲出来再说吧，等着瞧，棒极了。"

他又拿起一张照片仔细看。"啊?!"

我接过照片。又是一只泰迪熊。

爸爸拿出第三张照片，然后是第四张，动作越来越急。

"全都是泰迪熊!"他心慌意乱，大叫一声。虽然是在暗房里，我也看得出他脸上的惊慌。

"怎么回事?"他喊道，"我的照片哪儿去了?"

# 2　爸爸的恶作剧

"爸爸——"妮可开口道，"你能肯定，看到的是真的熊吗?"

"当然肯定了!"爸爸粗声粗气地回答，"棕熊和泰迪熊有什么区别，我还分得清!"

他在暗房里走来走去。"是不是我把胶卷弄丢了?"他手抚脑门，喃喃自语，"是不是有人调换了胶卷?"

"奇怪之处在于，你拍的是熊，"妮可分析说，"结果冲出来的却是泰迪熊，可真是怪到家了。"

爸爸狂躁地双手猛拍工作台，嘴里嘟嘟囔囔，自言自语，简直快疯了。

"在飞机上把胶卷弄丢了? 又或者，跟别人拿错了手提箱?"

我转过身去，背对爸爸，肩膀不停地颤抖。

"乔丹？怎么回事？"爸爸抓住我的肩头，"你没事吧？"

他将我的身子扳过去，面对他。"乔丹！"爸爸大叫一声，"你在笑！"

妮可抱起双臂，眯着眼睛打量我："你把爸爸的照片怎么啦？"

爸爸皱起眉头，声音听起来冷静多了："好了，乔丹，你搞的什么鬼？"

我大口吸气，拼命憋住笑："别担心，爸爸，你的照片好好的。"

他举起泰迪熊的照片，差一点顶到我的鼻子上："好好的！这还叫好好的?!"

"你去怀俄明以前，我借用了你的照相机，"我解释道，"然后给我的旧泰迪熊拍了好多照片。只是开个玩笑，后面的胶卷上应该就是你拍的真熊啦。"

一旦有恶作剧的好点子，我就管不住自己了。

妮可说："不关我的事，爸爸，我发誓。"

好个万事通小姐。

爸爸摇摇头。"玩笑？"他又冲出一些照片，接下来的这张是一只真正的小熊，正在小溪里捞鱼。爸爸哈哈笑了。

"你知道吗，"他将真熊和泰迪熊的照片排在一起，

"它们并没有你们想象的那么容易区分。"

我就知道，爸爸的气很快就会消。他从来都是这样。这就是我喜欢对他搞恶作剧的原因之一。他自己也喜欢搞恶作剧。

"我有没有跟你们说过，我是怎么捉弄乔·莫利森的？"他问。乔·莫利森是爸爸的同行和朋友。

"那时候，乔刚从非洲回来。为了拍大猩猩，他在那儿待了好几个月。拍到的精彩照片让他兴奋极了，我看过那些照片，确实非常壮观。

"乔和一家自然杂志社的编辑有一个重要约会，他打算把照片拿给编辑看，自以为杂志社肯定会二话不说，抢着要这些照片。

"乔不知道，我和那位编辑是大学同学。所以我给她打了个电话，请她配合我，跟乔开个小小的玩笑。

"乔去到她那儿，把照片拿了出来。她看着照片，一句话都不说。

"最后，他等得不耐烦了，冒出一句：'怎样？你到底喜不喜欢我的照片？'这个乔啊，是个急脾气。"

"她说什么了？"我问。

"她皱了皱眉，说：'你是个优秀的摄影师，莫里森先生。不过，我担心你可能上当了。你照片里的根本不是大猩猩。'

"乔吃惊得差点跌掉下巴。他说：'不是大猩猩？这是什么意思？'"

"她板着脸，一本正经地说：'是一个披着大猩猩皮的人。你连真猩猩和披上猩猩皮的人都分不清吗，莫利森先生？'"

我咯咯直笑。妮可问道："那后来呢？"

"乔差点就精神崩溃了。他一把抓起照片，死死地盯着看，还大喊大叫：'我不明白！怎么会这样？我花了足足六个月的宝贵时间，来研究披猩猩皮的人？'"

"终于，那位编辑忍不住了，放声大笑，对他说只是开个玩笑，她喜欢这些照片，想刊登这些照片。乔一开始还不相信，她花了一刻钟，才让他平静下来。"

爸爸和我都笑了。

"我觉得这个玩笑有点过分，爸爸。"妮可批评道。

我从爸爸那里遗传了爱开玩笑的脾气。而妮可像妈妈，比较实在。

"乔从惊吓中恢复过来以后，自己也觉得好笑。"爸爸安抚她说，"他也捉弄过我，真的。"

爸爸在化学药水里轻轻摆动一张照片，然后用镊子把它夹出来。上面是两只正在扭打的小熊，他露出满意的微笑。

"这卷照片效果很理想，"他说，"不过我还有很多活儿要干，孩子们，到外面去玩一会儿，好吗？"

他关掉红灯，打开平时用的灯，妮可打开门。

"不过，别搞得乱七八糟一身脏。"爸爸又加了一句，"今晚我们要出去吃饭，我要为成功拍到棕熊好好庆祝一下。"

"我们会当心的。"妮可满口答应。

"你可代表不了我。"我说道。

"我是认真的，乔丹。"爸爸强调一句。

"开个玩笑啦，爸爸。"

走出暗房，热浪迎面袭来。我们站在后院，在午后的阳光下眨巴眼睛。每次一出暗房，我的眼睛都要过很久才能适应外面的光线。

"你想干什么？"妮可问。

"不知道，"我答道，"太热了，热得没什么好干的。"

妮可闭上眼睛，出了一会儿神。

"妮可？"我用胳膊肘轻轻捅捅她，"妮可？你在干吗？"

"我在想着爸爸拍的大梯顿山的雪，这样可能会凉快一点。"

她闭着眼，一动不动，前额上滚下一颗汗珠。

"嗯？"我问，"有用吗？"

她睁开眼睛，摇摇头："不行。我都没有摸过雪，怎么可能想象得出来呢?"

"说得好。"我叹了口气,看看周围。

我们住在帕萨迪那市郊的一个住宅区里。这儿总共只有三种样式的房子,方圆数英里之内都是这些相同的款式。

看着真够腻味的,而且还让我更加热得慌。每个街区都种着几棵棕榈树,留不下多少树荫。隔着马路,在我们家对面,有一片空地,旁边就是米拉家。后院里——甚至是整个街区——最刺激的事物,只怕是爸爸那个叫人恶心的肥料堆了。

我眯着眼睛,又呆看了一会儿。阳光下,一切都白晃晃的,就连草地几乎也成了白色。

"好无聊啊,无聊得我都要尖叫了。"我满腹牢骚地说。

"骑自行车去吧,"妮可提议,"也许还能有点风,凉快一点。"

"也许劳伦也想去。"我说。

劳伦·赛克斯住在我家隔壁。她和我们是同班同学,我总是见到她,简直像多了一个妹妹。

我们从车库里推出自行车,一直推到罗拉家,然后把车放在房子的侧面,绕到了后院。

劳伦在后院的棕榈树下铺了一块毛巾,人坐在上面。

妮可傍着劳伦，也在毛巾上坐下，我在一边斜靠着树干。

"好热！"劳伦抱怨了一句，拉了拉身上的黄色短裤。她个儿很高，肌肉结实，一头褐发长长的，前额剪成了刘海。

她说话总带鼻音，抱怨起什么来效果格外好："这个季节本来是冬天，别的地方都是冬天了。人家的冬天有雪啦、冰啦、雨夹雪啦、冻雨啦，还有冰冷冰冷的空气。我们有什么？什么都没有，除了太阳！为什么一定要这么热呢？"

突然，我的后背一疼。

"啊！"我向前一扑。有东西刺了我一下，一个像针一样尖的东西——而且像冰一样凉！我疼得脸都歪了。

"乔丹！"妮可吃了一惊，"你怎么了？你怎么了？"

# 3  与双胞胎的较量

我捂着后背上凉飕飕的地方。"什么东西?"我叫道,"好凉!"

妮可跳起来,看了看我的后背。"乔丹,你被蜇了!"她说,"被一根冰棍!"

我转过身去。得意洋洋的坏笑声响起,树后面跳出了米拉家的双胞胎。

我应该猜到是他们,米拉家的双胞胎——卡尔和卡拉。那一模一样的哈巴狗鼻子,又圆又亮的小眼睛,还有剪成一模一样的短短的红头发,真恶心。他们手里还拿着两支一模一样的红色超级大水枪。

米拉家的双胞胎最喜欢搞恶作剧,比我还讨厌,也比我更卑鄙。

这附近没人不怕他们。他们突袭在公共汽车站等车的小孩子，抢走他们的午餐钱。有一次，他们用臭弹把赛克斯家的邮箱炸开了花。去年卡尔在一场篮球赛里暗算了我，看到我气得脸变成了茄子色，他反而很开心。

不知道为什么，米拉兄妹尤其喜欢捉弄我。

卡拉和她哥哥卡尔一样可怕。我很不想承认这一点，不过，卡拉一拳就可以把我打飞。我对此深有体会，去年夏天，她把我一只眼打成了乌青的熊猫眼。

"'唉，好热呀，好热呀！'"卡拉刻薄地拿罗拉取笑，学她的鼻音。

卡尔双手背在身后，将超级大水枪从一只手抛到另一只手里，好像这个动作难度很高似的。

"跟阿诺德学的。"他大吹牛皮。

卡尔想让我以为他说的是阿诺德·施瓦辛格。他扬言认识阿诺德，但我很怀疑。

妮可在后面扯了扯我的衣服。"爸爸会杀了你，乔丹。"她说。

"为什么？"

我扭过头去，看到白色的POLO上衣被染了一块深紫色。

"噢，太棒了。"我咕哝道。

"爸爸叫我们不要弄脏衣服。"妮可提醒我，好像我不记得似的。

"别担心，乔丹，"卡尔说，"我们帮你洗干净。"

"呃……算了。"我一边说一边往后退。不管卡尔说的"洗干净"是什么意思，我知道肯定不会是好事。

我猜得没错。

他和卡拉同时举起超级大水枪，朝我、妮可和罗拉射击。

"住手!"罗拉尖叫，"我们全身都湿了!"

卡尔和卡拉发出疯狂的大笑："你不是说热吗!"

我们三人浑身都湿透了。我的衣服可以拧出水来。我对他们怒目而视。

卡尔耸耸肩："只是想帮你们凉快一下。"

啊，当然了。

我应该感到庆幸，他俩这回只不过是把我们淋成了落汤鸡，算是便宜我们了。

米拉家的双胞胎很让我受不了，妮可和罗拉也和我的感觉一样。这两人自以为很了不起，只不过是因为他们十三岁了，还有个泳池在自家后院。

他们的爸爸在一家电影制片厂工作。为此他俩经常大吹特吹，什么偷偷去看试映啦，什么跟电影明星交往啦。

可是我从来没有见过电影明星到他家来，一次也没有。

"哟，你们湿透了，"卡拉阴阳怪气地说，"为什么不骑自行车吹干衣服?"

妮可和我交换了一个眼神。我俩单独相处的时候,不见得有多友好。但是如果遇到了米拉兄妹,就不得不携起手来。

我们太了解米拉兄妹了。他们提起我们的自行车,肯定是有原因的,一个不妙的原因。

"你把我们的自行车怎么啦?"妮可质问。

米拉兄妹睁大眼睛,装出一副清白无辜的样子。"谁——我们? 我们没把你的宝贝自行车怎么样,不信自己去看看呀。"

妮可和我向罗拉家屋子的侧面望去,自行车就放在那里。

"从这儿看,好像没事。"妮可小声说。

"不对劲儿,"我说,"看起来有些古怪。"

我们走到自行车旁边。它们确实有些古怪,车把上的螺丝被拧松了,车把朝后。

"希望你们有倒车挡。"卡尔扬扬得意,笑着说道。

一般情况下,我不是喜欢打架闹事的人。但这一次,我心里有什么东西突然爆发了。这一次卡尔和卡拉实在是太过分了。

我朝卡尔一个猛扑,跟他滚成一团,扭打起来。我想用膝盖将卡尔压在地上,但被他一推,侧身躺倒在地。

"住手!"妮可尖叫,"别打了!"

卡尔将我的身子一翻,让我仰面朝天:"想偷袭吗,乔丹?你这个大废物!"

我抬脚踢他。他用一只膝盖顶着我的肩膀,将我死死按在地上。

妮可突然狂叫一声:"乔丹!小心!"

我向上望去。卡拉站在我身边,手里拿着一块石头,足足有她的脑瓜儿那么大。卡拉居高临下地看着我,慢慢咧开嘴,露出一副邪恶的笑容。

"砸他,卡拉!"卡尔下令。

我拼命想滚开,但根本动不了,卡尔将我按得牢牢的。

卡拉举起石块,手一松。石块落下——正对着我的头。

# 4　好消息和倒霉事

我紧紧闭上眼睛。

石块落在我的额头上——然后弹走了。

我睁开眼睛。卡拉笑得像条土狼。她捡起石块，又照我的脸扔了过来。它又弹开了，和上次一样。

劳伦接住了它。"是海绵做的，"她一只手将石块捏进掌心，"假的。"

卡尔哈哈大笑："是电影道具，白痴。"

"你该看看自己的表情，"卡拉说，"真是个胆小鬼!"

我一脚将卡尔踢开，再次朝他猛扑过去。这一次我气炸了肺，力气有两个卡尔那么大。我将他摔到地上，我按住了他!

"怎么回事，伙计们?"

啊! 爸爸来了。

我跳起来站好："嗨，爸爸。我们闹着玩呢。"

卡尔坐了起来，揉着胳膊肘。

爸爸好像根本没注意到我们刚刚大战一场，他正为别的什么事激动着呢。

"听着，孩子们——我有个好消息。《荒野》杂志社刚才打电话来，他们打算派我飞往阿拉斯加！"

"好极了，爸爸，"我尖刻地说，"你又可以有一次精彩的旅行，我们就待在这里，无聊得活活闷死。"

"或者热死。"妮可补充了一句。

爸爸笑了。"我给乌托太太打了电话，想让她再来照看你们一次……"他说道。

"不要，不要！又是乌托太太！"我大喊，"爸爸，她糟透了！我受不了她煮的东西。如果要她来照看我们，我会饿死的！"

"不会的，乔丹，"妮可说，"就算你只吃面包和水，撑一个星期也没问题。"

"妮可？乔丹？喂？"爸爸说着，轻轻敲了敲我们俩的头，"你们两个请听我说好不好？我还没说完呢。"

"对不起，爸爸。"

"不管怎么说，乌托太太不能来啦。所以，我想，你们俩只好跟我一起去了。"

"去阿拉斯加？"我大叫一声，兴奋得不敢相信。

"万岁！"妮可高声欢呼，和我一起又蹦又跳。

"你们俩可真幸运！"罗拉说。卡拉和卡尔站在一边，什么都没说。

"我们要去阿拉斯加喽！"我喊道，"我们要看到雪喽！好多好多的雪！阿拉斯加的雪！"

我兴奋得都发抖了，可是爸爸还没有把最有趣的部分说出来。

"这是个很特别的项目，"爸爸接着说道，"他们想让我去捕捉某种雪地怪物的镜头——雪人。"

"哇！"我张大了嘴巴。

卡尔和卡拉从鼻子里发出哧的一声。

妮可摇了摇头："雪人？真的有人见过吗？"

爸爸点点头："有人在雪地里看到了怪物，天知道是什么。杂志社要我去把它的照片拍回来。这肯定是竹篮打水—— 一场空罢了，哪里有什么雪人。"

"那你为什么还要去？"妮可问。

我捅捅她的肋骨："管那么多干吗？反正我们可以去阿拉斯加了！"

"杂志社给的报酬很高，"爸爸解释说，"而且，就算找不到什么雪地怪物，我也能拍到珍贵的苔原风光。"

罗拉问道："苔原是什么？"

爸爸刚想回答，妮可赶紧向前踏出一步，打断了他：

"我来回答这个问题，爸爸。"我真想尖叫，她在学校也总是这样。

"苔原就是一大片冻土，分布在北极、阿拉斯加和俄罗斯，这个名字来源于俄语，意思是……"

我伸出手掌，捂住她叽里呱啦的嘴巴："还有别的问题吗，罗拉？"

罗拉摇了摇头："知道这些就足够了。"

"如果不拦住她的话，这书呆子会没完没了。"我松开妮可的嘴巴，她朝我吐了一下舌头。

"这趟旅行一定有意思极了，"我快活地说道，"我们会看到真正的冰雪！还要追踪雪人！太了不起啦！"

一个小时之前，我们还无聊得快要发疯，而现在一切都改变了。

爸爸微微一笑："我还要回暗房再待一会儿。别忘了——今晚要出去吃饭。"他转身穿过草地，回到屋里。

爸爸一走，卡拉就爆笑起来："雪人！开什么玩笑！"

这就是卡拉——我爸爸在场的时候，她吓得连一声都不敢吭。

卡尔对我来了个滑稽模仿，在地上乱蹦乱跳，还尖声尖气地大叫："阿拉斯加！阿拉斯加！我要去看雪喽！"

"可能会把你们俩都冻僵。"卡拉冷笑着说。

"我们会好好的，"妮可说，"该轮到你冻僵了！"她一把抢过卡拉的超级大水枪，然后对着她的脸，喷出一道水柱。

"住手！"卡尔大叫一声，朝妮可冲去。妮可哈哈大笑，转身就逃，每跑几步就回头射一下。

"把水枪还给我！"卡拉哇哇大叫。

米拉兄妹在妮可身后猛追。卡尔举起他的水枪，喷中了妮可的后背。

罗拉和我紧跟在他们后面。妮可跑进我家后院，转身再次向米拉兄妹发起攻击。

"你们根本抓不着我！"她边喊边向后退，手中连连射击。

身后就是爸爸的肥料堆。

我该提醒她吗？我心想。

我才不呢。

"看招！"她大喊一声，水柱朝米拉兄妹喷射而去。

接着，她脚下一滑，仰天跌倒——跌到了肥堆里。

"恶心死了……"罗拉低声叫道。

妮可慢慢地站了起来。褐中带绿的浓稠肥料汁从她的头发里渗出来，点点滴滴，洒在她的背上、胳膊上和腿上。"啊！"她尖叫起来，狂乱地擦着手上的黏液，"啊——"

我们全都呆呆注视着她。她的模样活脱儿就是一个雪人，浑身上下都是臭烘烘、烂糊糊的。

　　就在这时，爸爸的脑袋从后门探了出来。"你们两个准备好出去吃饭了吗?"他冲我们喊道。

# 5 飞往阿拉斯加

"伊克奈克到了!"在小飞机的轰鸣中,爸爸大声嚷道,"那是简易机场。"

我望着窗外的一小片褐色,那儿就是我们要着陆的地方。在过去的半个小时里,我什么也没看到,只有连绵不断的白雪。哇,雪真的好白!

积雪在阳光下闪耀,好看极了,让我想起了圣诞颂歌。我脑子里不停地唱着《银色仙境》这首歌,简直快把自己逼疯了。

飞行的时候,我一直在找巨型脚印。雪人的脚印会有多大呢?大到在低飞的飞机上都能看见吗?

"但愿下面有餐馆,"妮可说,"我饿坏了。"

爸爸拍拍她的肩膀:"出发以前,我们会好好吃一顿热气腾腾的大餐。不过再往后,只能吃露营的食物了。"

"在雪地里怎么生火?"妮可问。

"我们会住在一间小木屋里,"爸爸说,"要在苔原上走很远的路才能到达,不过住在那里比睡帐篷好。小木屋里应该有炉子,嗯,但愿有吧。"

"我们可不可以建一座因纽特人的圆顶冰屋,然后睡在里面?"我问,"或者挖一个冰洞?"

"圆顶冰屋可不是那么容易建的,乔丹,"妮可抢白道,"不像造雪堡什么的那么简单,对不对,爸爸?"

爸爸摘下镜头盖,隔着窗户拍照。"没错,"他心不在焉地答道,"嗯……"

妮可也转过脸去看窗外。我在她背后学她的样子。"圆顶冰屋可不是那么容易建的。"我不出声地做着口型说。她总对我摆出一副小老师的样子,在学校里当着同学们的面也是这样,真的让我很没面子。

"我们怎么找到那间小木屋?"妮可问,"在雪地里好像到处都是一样的。"

爸爸转过身来,对着她按了一下快门:"你说什么了吗,妮可?"

"我问你怎样才能找到小木屋,"妮可又说一遍,"你会用罗盘吗,爸爸?"

"罗盘?不会,不过没关系。一个叫亚瑟·麦斯威尔的人会在机场等我们,他是我们在苔原上的向导。"

"我认识亚瑟，"飞机驾驶员大声冲我们喊道，"他很久以前是赶雪橇的车夫。关于狗和雪橇，没有他不懂的。照我看，阿拉斯加的这一地区，他比谁都熟悉。"

"也许他见过雪人。"我猜测道。

"你怎么知道有雪人这种东西？"妮可嘲笑地说，"我们连一点踪迹都没看到呢。"

"妮可，有人亲眼见过它，"我回答，"而且，如果雪人真的不存在，那我们还来这里干吗？"

"那也只是别人说的而已，"妮可说，"也许他们搞错了呢。除非有更多的证据，不然我是不会信的。"

飞机在小镇上空盘旋，我不停地摆弄着北极牌滑雪服上的拉链。几分钟以前我觉得饿，但现在却兴奋得根本顾不上想吃的了。

雪人就在下面的什么地方，我心想，肯定有。虽然飞机上的取暖器吹出一股暖风，可我还是浑身发冷。

如果我们找到了它呢？然后会怎样？

如果雪人不喜欢照相怎么办呢？

飞机放慢速度，准备降落。我们越飞越低，随着一下颠簸，滑上了跑道。飞行员拉下制动装置，飞机在抖动中慢了下来。

一个庞然大物耸立在跑道尽头，一头雪白而狰狞的巨兽。

"爸爸，看！"我大叫，"我看到它了！雪人！"

# 6 可怕的传说

在刺耳的噪声中，飞机停了下来，正好停在那头巨兽面前。

爸爸、妮可和飞行员都笑了——笑我。

我讨厌这样。不过，也不能怪他们。那个巨大的怪物，其实是一头北极熊。

确切地说是一座北极熊的雕像。

"北极熊是这个镇子的标志。"飞行员说。

"哦。"我嗫嚅地应道。我知道自己已经面红耳赤，所以将头扭向一边。

"乔丹本来就知道，"爸爸说，"他不过是又想捉弄人。"

"呃……没错，"我趁机说道，"我早就知道那是座雕像。"

"你才不知道呢，乔丹，"妮可说，"你真的被吓着了！"

我在妮可胳膊上打了一下："不是！我就是开个玩笑！"

爸爸伸出手臂，一边一个搂住我们。"两个孩子打打闹闹的不是挺好吗？"他对飞行员说。

"你觉得好就行。"飞行员回答。

我们跳下飞机，飞行员打开了货舱。妮可和我各自拿出自己的背囊。

爸爸带了一只巨型的密封箱，里面装着胶卷、相机、食物、睡袋，还有其他装备。飞行员和他一起将箱子搬出了临时跑道。

箱子大得连爸爸都装得下，我觉得它很像一口红色的塑料棺材。

伊克奈克飞机场就像一幢小木屋，总共只有两个房间。两位穿皮夹克的飞行员坐在一张桌子前玩扑克。

一位体格强健的高个子男人站了起来，他长着深色的头发，浓密的大胡子，脸上的皮肤很粗糙，他向我们迎面走来。他灰色的皮大衣敞着怀，露出里面的法兰绒衬衣，下面是一条鹿皮裤子。

这位一定是我们的向导，我心想。

"是布莱克先生吗？"那人的声音低沉沙哑，"我是亚

161

瑟·麦斯威尔。要帮忙吗?"他从飞行员手里接过箱子的一头。

"你带的箱子重得吓人,"亚瑟说,"用得上这么多东西吗?"

爸爸的脸红了:"我带了好多照相机、三脚架什么的……呃,也许东西是带得太多了。"

亚瑟皱着眉头,瞧了我和妮可一眼,说:"的确如此!"

"叫我加里,"爸爸说,"这两个是我的孩子,乔丹和妮可。"说完他朝我们点点头。

妮可打了个招呼:"嗨!"我还加了一句:"认识你很高兴。"必要的时候,我还是很懂礼貌的。

亚瑟看着我们,含含糊糊地咕哝了一声。

"你没说过还有孩子。"过了一会儿,他低声地对爸爸嘀咕了一句。

"我说过的。"爸爸辩解道。

"我不记得你说过。"亚瑟拧着眉毛说。

谁都不说话了。我们走出机场,面前是一条泥泞的马路。

"我饿了,"我说,"到镇里去吃点东西吧。"

"离镇里有多远,亚瑟?"爸爸问。

"多远?"亚瑟说,"你现在就在镇里了。"

我惊讶地四处打量。面前只有一条路，从机场开始，到大约两个街区远的一个雪堆结束。沿途稀稀拉拉地散落着一些木屋。

"就是这儿？"我叫道。

"这里不是帕萨迪那，"亚瑟粗声说，"不过这里就是我的家乡。"

他带领我们踏着泥泞的街道，来到一家叫做贝蒂的餐馆。

"你们肯定饿了，"他瓮声瓮气地说，"出发以前，好好吃一顿热饭吧。"

我们在窗边的火车座里坐下，妮可和我要了汉堡包、炸薯条和可口可乐。爸爸和亚瑟要的是咖啡和炖牛肉。

"我准备了一架四条狗拉的雪橇，随时可以出发，"亚瑟说，"这个箱子和其他东西可以让狗拉，我们跟着雪橇走。"

"听起来不错。"爸爸说。

"哇！"我一听就不想干，"我们要步行？走多远？"

"大概十英里。"亚瑟回答。

"十英里！"我还从来没有走过这么远的路，"为什么一定要步行？不能坐直升机什么的吗？"

"因为沿途我都要拍摄，乔丹，"爸爸告诉我，"路上风景迷人，你根本想象不到会遇到什么。"

也许我们会遇到雪人，我心想，那就太酷了。

食物送上来，大家一言不发地吃着。亚瑟从不正视我的眼睛，谁的眼睛他都不看。吃东西的时候，他看着窗外。外面的街道上，有一辆吉普车驶过。

"你见过我们要找的雪人吗?"爸爸问亚瑟。

亚瑟用叉子挑起一块肉，放进嘴里嚼了起来。他一直在嚼，爸爸、妮可和我一直等着，等着他回答。

终于，他咽下了那块肉。"没见过，"他说，"不过，听说过，传说很多。"

我原以为他接下来就会讲讲某个传说，但是亚瑟又埋头吃上了。

我再也等不下去了："什么传说?"

他用面包抹干净盘了里的肉汁，然后塞进嘴里。他嚼啊嚼啊，咽了下去。

"镇里有几个人，"他说，"见过那怪物。"

"在哪里?"爸爸问。

"翻过那道大雪脊，"亚瑟说，"比雪橇车夫的小木屋更远，就是我们要住的那间木屋。"

"它什么样儿?"我问道。

"听说块头很大，"亚瑟说，"大块头，满身棕毛，乍一看像熊，但它不是。它像人一样用两条腿走路。"

我心头一紧。听起来，雪人很像我在一部恐怖电影里见过的洞穴怪兽。

亚瑟摇了摇头："要我说，我希望我们永远找不到它。"

爸爸吃惊地张大了嘴："可我们就是为这个来的。我的任务就是要找到它——如果真有雪人的话。"

"是真的，"亚瑟说，"我的一个朋友——也是雪橇车夫——有一次在大风雪中赶车出去，突然就遇到了雪人。"

"然后呢?"我问。

"你们大概不会想知道。"亚瑟又往嘴里塞了一块面包。

"我们真的想知道。"爸爸坚持地说。

亚瑟摸了摸胡子："那怪物抢了一条狗，转身就跑。我的朋友追上去，想把狗救回来，但是没有找到。不过他听到了狗叫，叫得很惨。不管它最后是什么结果——听叫声就知道一定糟透了。"

"它可能是食肉动物，"妮可说，"吃肉的。这里的大部分动物都是，因为植被太稀少了……"

我捅了捅妮可："我想听雪人的事——不是你那些白痴的自然常识。"

亚瑟生气地扫了妮可一眼。我知道他肯定在想：她是从哪个星球跑出来的? 反正，我常常会这么想。

他清了清嗓子，接着说下去："朋友回到镇里，又叫上一个人，一起去抓怪物。要我说，真是两个十足的傻瓜。"

"他们后来怎么样了？"我问。

"不知道，"亚瑟说，"他们再也没有回来。"

"啊？"我目瞪口呆地看着眼前这位高个子向导，艰难地咽了口唾沫，"你说什么？你是说他们再也没有回来？"

亚瑟严肃地点了点头："他们再也没有回来。"

# 7 向雪人出发

"也许他们在苔原里迷路了。"爸爸猜想。

"不太可能,"亚瑟说,"那两个人知道他们在干什么。怪物杀了他们,就是这么回事。"

他没再说什么,往面包上抹着黄油。

"闭上嘴,乔丹,"妮可说,"我不想看到你嘴里嚼烂的炸薯条。"

我这才想到,我的嘴可能一直大张着,于是赶紧闭上,把炸薯条咽下去。

亚瑟是个古怪的家伙,我心想,不过他没有骗我们。他确实相信真的有雪人。

妮可问他:"还有别人见过雪人吗?"

"有。一些从纽约来拍电视的人。他们听说了我朋友的事后来镇里采访。他们也进了苔原,之后一去不复返。

167

其中一个被我们找到，冻死在一块冰里。其他人是怎么回事，没人知道。卡特太太——她住在主街的尽头——几天后看到了雪人，"亚瑟低沉的声音接着说下去，"在望远镜里看到它从苔原出来。她说，它当时嘴里正嚼着一块骨头。不信的话，你们自己去问她好了。"

爸爸发出一点声音，我看了看他。他正拼命忍住笑。

不知道有什么好笑的，我只觉得雪人听起来很恐怖。

亚瑟看着爸爸。"如果你愿意的话，可以不相信我，布莱克先生。"他说。

"叫我加利好了。"爸爸又说一次。

"我喜欢怎么叫就怎么叫，布莱克先生，"亚瑟不客气地说，"我告诉你的是事实。怪物真的存在——而且它会杀人！你要找它，是在冒很大的风险。没有人能抓住它，所有想追踪它的人……没有一个能回来。"

"咱们碰碰运气吧，"爸爸说，"我以前听过这一类的传闻，发生在别的地方。什么丛林猛兽啦，海底怪物啦。到目前为止，这些传闻没有一个能被证实，我有一种感觉，雪人也一样。"

我一方面真的很想亲眼看看雪人，但另一方面又希望爸爸说得对。我心想：本人只不过是想看看雪，犯不上为这个送了小命！

"好了，"爸爸擦了擦嘴，"大家可以动身了吗？"

“我可以了。”妮可说。

“我也是。”我迫不及待地想走到雪地里去。

亚瑟没说什么，爸爸付了晚餐的账。

我们等着找回零钱。“爸爸，”我说，“如果雪人是真的呢？如果我们遇到它了呢？该怎么办？”

他从外衣口袋里拿出一个黑色的小东西。

“这是个无线电发射器，”他告诉我们说，“假如在野外遇到什么麻烦，我可以用它联系镇里的巡逻站，他们会派出直升机来接我们。”

“你说的麻烦是什么，爸爸？”妮可问。

“我相信不会有什么麻烦，”爸爸叫我们放心，“不过对紧急情况预先作好准备是必要的。对不对，亚瑟？”

亚瑟咂了咂嘴，清了清嗓子，但又没说什么。我看出来了，他很生气，因为爸爸不相信他说的有关雪人的事。

爸爸将无线电发射器放回外衣口袋里，向侍者付了小费。然后，我们走出餐馆，走进阿拉斯加寒冷的空气里，准备向冰冻的苔原进发。

苔原里的某个地方会不会有雪人正等着我们？

我们很快就会知道答案。

# 8 危险来临

啪!

正中靶心。我的雪球打在妮可的后背正中。

"爸爸!"妮可叫道,"乔丹用雪球打我!"

爸爸和平时一样,正脸对着照相机,咔嚓咔嚓地按快门。"不错啊,妮可。"他随口敷衍地说。妮可翻了翻白眼。

然后她一把扯下我的滑雪帽,往里面塞满雪,又扣回到我头上。

雪从脸上滑下,冷得皮肤发疼。

一开始,我觉得雪很好玩。我可以做雪球,可以往雪地上摔,一点都不疼,还可以把雪放到舌头上,让它融化成水。

但我现在开始领教了它的冷,脚趾和手指都冻得发麻。我们离开镇子，已经走了两英里。回头看时，镇子已经不见了，眼前只有雪地和天空。

再走八英里就到小木屋了，我一边想，一边在手套里活动手指。还有八英里！仿佛要永远这么走下去。而在我们身边，除了雪，什么都没有——只有连绵不绝、一望无际的雪。

爸爸和亚瑟吃力地走在雪橇旁边。亚瑟带了四条阿拉斯加雪橇犬——宾蔻、洛奇、丁丁，还有妮可最喜欢的拉尔斯。它们拉着一只又细又长的雪橇，上面放着爸爸的大箱子和别的装备。

妮可和我各自背着一个背囊，里面装满了为应对紧急情况备用的食物和其他物品。"以防万一。"爸爸说。

万一什么？我在心里问，万一我们迷了路？万一狗拉着雪橇跑了？万一我们被雪人抓住？

爸爸拍了许多照片，有狗儿，有我们，有亚瑟，还有雪景。

妮可倒退着，后背用力往一个大雪堆撞去。"看——天使！"她大声说着，张开手臂，不停地上下挥舞。

她从雪堆边跳开，和我一起看印在雪上的天使。"真酷！"我不得不说，然后也用后背在雪堆上印了一个。妮可凑过来看，我趁机抓起雪球狠狠打到她身上。

"喂！"她大叫，"我不会放过你的！"

我撒腿就跑，深深的积雪在脚下吱吱嘎嘎地响。

妮可在后面紧追不放，我们跑到了雪橇前头。

"小心点，孩子们!"爸爸在背后喊，"别闯祸!"

我摔倒在雪地上，妮可扑到我身上，我挣开她，接着逃跑。

能闯什么祸呢? 我的脚嘎吱嘎吱地踩着积雪，这儿除了一大片白茫茫的雪地，什么都没有，想迷路都不可能。

我转过身倒退着跑，一边向妮可挥手。"来抓我呀，万事通小姐!"我故意激她。

"给别人起外号是幼稚的表现!"她哇哇大叫着追过来。

突然，她停住不动了，指着我的背后："乔丹! 小心!"

"嘿——这么老套，我才不会上当呢。"我也喊道。我继续背着身子，蹦蹦跳跳地倒退，打算盯紧她，不给她向我扔雪球的机会。

"乔丹，我说的是真的!"她尖声惊叫，"快停下!"

# 9　掉进冰缝

砰！

我仰面朝天，狠狠地摔在雪堆上。"哎哟！"我哼了一声，顿时头晕眼花。

好不容易才喘过气来，我看看周围。

我从一道深深的裂缝里掉了下来，正坐在一堆积雪上发抖。陡峭的石壁紧紧包围着我，上面结满了泛着蓝色的冰。

我站起身，抬头仰望。裂缝的顶部至少在二十英尺以上。我心头惶恐，慌乱地攀住一块凸起的岩石，然后脚在下面摸索，找到了一个落脚点，开始向上爬。

我向上爬了几英尺，手一滑，又跌了下来，后背着地。接着我又试了一次，但冰面太滑，根本抓不住。

我怎么上去呢？

爸爸和妮可到哪里去了？我用手套捂着脸取暖。为什么他们不来救我？我都快冻僵了！

妮可的脸出现在裂缝顶部。她的出现还从来没有叫我这么高兴过。

"乔丹？你没事儿吧？"

"把我弄上去！"我喊道。

"别担心，"妮可安慰我说，"爸爸这就来了。"

我靠在石壁上。阳光照不到这么深的地方，我的脚趾可真冷啊！好像就要冻掉了。我蹦蹦跳跳以保持体温。

几分钟以后，我听到了爸爸的声音："乔丹？你没受伤吧？"

"没有，爸爸！"我朝上面喊道。他、妮可，还有亚瑟，都在上面看着我。

"亚瑟会放一条长绳到你那儿，"爸爸指示我说，"抓紧绳子，我们把你吊上来。"

我退到一边，亚瑟甩下一条打着结的长绳。我用戴手套的双手抓住绳索。

亚瑟大叫一声："拉！"

爸爸和亚瑟在上面拉动绳索，我的用脚点着石壁，免得自己撞上去。绳子在手里滑了一下，我连忙更用力地抓紧它。

"坚持住，乔丹。"爸爸大声喊道。

他们继续向上拉，拉得我的胳膊好像就要跟身子分家。"哇!"我叫道，"慢着点儿!"

慢慢地，我被拉了上去。我根本使不上劲儿——脚不断在冰面上打滑。是爸爸和亚瑟一人抓住我一只手，将我拉出了裂缝。

我躺在雪地上大声喘息。

爸爸检查了我的胳膊和双腿，看有没有扭伤或者骨折。"你真的没事吗?"他问。

我点点头。

"拖儿带女来这里实在是个错误，"亚瑟闷声闷气地说，"雪地可不像看起来那么结实，你知道。如果不是眼看着你掉下去，可能一辈子都找不着。"

"必须小心谨慎，"爸爸赞同地说，"我要求你们俩，不准离开雪橇。"他俯身在冰缝上，按了一下快门。

我站起来，拍拍屁股上的雪。"以后我会小心的。"我保证说。

"好。"爸爸说。

"我们最好继续前进。"亚瑟说。

我们又在雪地上走了起来。我时不时地推妮可一把，她又回敬我一下。不过，我们俩现在安分多了，因为谁都不想掉到雪洞里冻成冰棍。

我们一边走，爸爸一边拍照。"离木屋还有多远?"

他问亚瑟。

"还有两三英里，"亚瑟指指远处一座险峻的雪山，"看到那座雪山了吗，大概十英里以外，那儿就是最近发现怪兽的地方。"

在那座雪山上，有人曾经看到过雪人。我在心里说，它现在在哪里？

它看到我们来了吗？它是不是正在暗中窥视着我们？

我凝望着雪山，向前走去。离得越近，山势越显高耸，山上星星点点地分布着松树和巨石。

大约一个小时以后，在前面一英里左右的地方，出现了一个褐色的小点。

"那就是已经废弃的车夫小屋，我们今晚就在那里过夜，"爸爸搓了搓戴着手套的手，又加了一句，"把火烧得旺旺的，往旁边一坐，肯定不错。"

我拍着巴掌，让手上的血液流通。"我都等不及了，"我也跟着说，"这儿一定有零下两千度！"

"确切地说，是零下十摄氏度，"妮可朗声说道，"这至少是本地在这个季节的平均气温。"

"谢谢你，气象小姐，"我打趣地说，"现在说说体育方面的消息吧，亚瑟？"

亚瑟眉头紧皱，连胡子都牵动了。我猜，他没明白我的笑话。

他落在我们后面一点，检查雪橇上的物资。爸爸转过身将他拍摄了下来。

"到达车夫小屋的时候，我要拍几张风景照，"爸爸边换胶卷边说道，"也许把小木屋也照下来，然后大家都进去，明天的任务很艰巨呢。"

到达小木屋的时候，已经快到晚上八点了。

"路上花的时间太长了，"亚瑟不满地嘟囔着，"我们吃完午饭出发，大概四个小时就能到。又是孩子出意外，又是别的什么状况，拖慢了速度。"

爸爸在他几英尺之外站着，把说话的亚瑟照了下来。

"布莱克先生，你听到我说的话了吗?"亚瑟粗声粗气地说，"别拍我!"

"什么?"爸爸松开手，让照相机挂在胸前，"哦，是——孩子。我打赌他们一定饿了。"

我在车夫小屋里到处看了看。这花不了多长时间。小木屋里空荡荡的，只有一只烧木柴的旧炉子和几张破破烂烂的轻便床。

"为什么小屋里这么空?"妮可问。

"车夫们再也不在这里歇脚了，"亚瑟解释道，"他们怕那只怪兽。"

我不喜欢他的弦外之音。我看看妮可，只见她转了转眼珠。

亚瑟将狗安置在木屋外面的一间斜顶小窝棚里。窝棚倚着木屋后墙搭建，里面铺满了稻草，狗可以在上面睡觉。我还看到一架生锈的旧雪橇放在角落里。

亚瑟生着了火，开始整理装备。

"明天我们就去寻找那只所谓的怪兽，"爸爸宣布，"今晚大家都睡个好觉。"

晚餐过后，我们都钻进了睡袋。我躺了很久都没有睡着，竖着耳朵，透过呼啸的风声，准备随时听到沉重的脚步声——来自雪人的脚步声。

"妮可，别压着我！"她裹着睡袋滚了过来，胳膊肘撞到我的肋骨上。我推开她的胳膊，又往暖烘烘的睡袋里缩了缩。

妮可睁开眼睛。朝阳明亮的光辉洒满了小屋。

"我过一会儿回来弄早餐，孩子们，"爸爸坐在椅子上，绑紧雪地靴，"先去外面看看狗，亚瑟几分钟前去喂它们了。"

他绑好鞋带，走出屋去。鼻头冷冰冰的，我揉了揉。炉火昨天夜里已经熄了，一直没人再去生起来。

我强迫自己钻出睡袋，妮可也开始穿衣服。

"你认为，在这个破地方能洗热水澡吗？"我大声问道。

妮可笑嘻嘻地看着我："你明知这里洗不了热水澡，

乔丹。"

"啊，天哪！真是匪夷所思！"外面传来爸爸的惊叹声。

我胡乱穿好靴子，冲出门去，妮可紧跟着我。

爸爸站在车夫小屋的侧面，满脸震惊地指着地面。

我低头一看——雪地上有几个深深的大脚印，巨大无比的脚印。

只有怪兽才能踩出这么大的脚印。

# 10　脚印惊现

"真不敢相信。"爸爸盯着雪地，嘴里喃喃自语。

亚瑟走出斜顶窝棚，急急忙忙走过来。一看到脚印，他立即停住不动了。

"天哪！"他大叫一声，"它来了！"

他红润的脸膛变得苍白，下巴恐惧地颤动。

"我们必须离开这儿——马上！"他对爸爸说。他的声音压得低低的，充满了惊慌。

爸爸想让他冷静下来。"先别忙，别急着下结论。"

"我们的处境很危险！"亚瑟坚持说，"那怪物就在附近！它会把我们撕成碎片！"

妮可跪在雪地上，仔细观察脚印。"你觉得这些脚印是真的吗？"她问道，"真是雪人的脚印吗？"

她觉得是真的，我心想，她终于信了。

爸爸在她旁边跪下："我也觉得挺像真的。"

这时，我看到他眼里亮了一下。然后，他抬起头来，怀疑地看着我。

我向后退开。

"乔丹！"妮可指责地喊了我一声。

我再也装不下去了，笑了起来。

爸爸连连摇头。"乔丹，我应该想到是你。"

"什么？"亚瑟一脸迷惑，然后变得怒气冲冲，"你是说，是这个孩子弄出了这些脚印？这是个玩笑？"

"恐怕是的，亚瑟。"爸爸叹息一声。

亚瑟恼怒地瞪着我，大胡子下面的脸庞越来越红，红得像一块生牛排。

我忍不住有点发憷，亚瑟的样子吓着我了。他肯定不喜欢孩子——尤其是搞恶作剧的孩子。

"我还有事要忙。"亚瑟说道，转身重重地踏着雪地，走开了。

"乔丹，你好阴险哪，"妮可说，"什么时候干的？"

"今天早上，我很早就醒了，然后偷偷溜了出来，"我坦白说，"你们都睡得正香呢。我戴着手套，把自己的脚印加工了一下，回去的时候就踩在这些脚印上，这样就神不知鬼不觉啦。"

"你信了，"我伸出一根手指，捅捅妮可，"有那么一

181

会儿，你真的相信有雪人。"

"我没有！"妮可不承认。

"就有，你就有！你当真了！"

我看看妮可不高兴的脸，又看看爸爸板着的脸。"不好玩吗？"我问，"开个玩笑嘛！"

平时爸爸挺欣赏我的玩笑。

但这次没有。

"乔丹，我们现在不是在帕萨迪那。我们在荒山野岭，在阿拉斯加的蛮荒地带，这儿是会发生危险的。昨天你掉下冰缝，就应该知道这一点了。"

我点点头，然后头垂了下来。

"我很认真地跟你说，乔丹，"爸爸告诫我说，"不要再搞恶作剧。我来这儿是为了工作，不想有任何意外发生在你或者妮可或者我们任何一个人身上。明白了吗？"

"明白了，爸爸。"

有一会儿，谁都没有说话。然后爸爸在我后背上拍了拍："那好吧，咱们进屋去，吃点早餐。"

几分钟以后，亚瑟回到小木屋里。他跺跺脚，抖掉靴子上的雪，紧紧地瞪着我。

"你以为自己很有趣，"他说，"等着瞧吧，等到你亲眼看到了雪人，看你还笑不笑得出来！"

我用力地咽了咽口水。

答案是否定的，绝对是。

# 11　看不见的凶险

　　早餐过后，我们把狗套上雪橇，开始向雪山进发。亚瑟不跟我说话，连看都不怎么看我。我猜他还在为我的玩笑生气。

　　其他人都原谅我了，为什么他就不行？

　　我和妮可走在雪橇前面，跟狗并排。在我身后，爸爸的照相机发出一连串急促的咔嚓声，肯定是找到了摄影的好题材，于是我转过身去。

　　一大群麋鹿朝我们，朝雪山走了过来。我们停下来观赏。

　　"看啊，"爸爸小声地说，"真壮观。"他飞快地换上一卷新胶卷，又拍了起来。

　　这群麋鹿沉着地在雪地中前进，犄角高挺。经过一片灌木丛时，它们停下脚步，吃了起来。亚瑟拉紧了领头雪橇狗的缰绳，以免它大声吠叫。

突然，一只麋鹿抬起头来，似乎察觉到了什么。

随即，整个麋鹿群都紧张起来。它们调转头，在苔原上奔驰而去。莽莽雪原上顿时卷起雷鸣般的轰响，声势惊人。

爸爸松开了照相机。"奇怪，"他说，"不知道出了什么事。"

"它们受惊了，"亚瑟阴沉着脸说，"不是因为我们，也不是因为狗。"

爸爸的眼睛在地平线上搜索："那，到底是什么？"

我们都等着亚瑟的回答，但他只是说了句："我们应该调头，立即回到镇里。"

"我们不会回去，"爸爸固执地说，"已经走了这么远。"

亚瑟目光炯炯地逼视着他："你到底接不接受我的建议？"

"不接受，"爸爸回答，"我在这儿有工作要做，而我雇你也是来工作的。没有说得过去的理由，我们不能回去。"

"我们有说得过去的理由，"亚瑟也不肯放弃，"只是你不这么想。"

"前进。"爸爸下令。

亚瑟狠狠地皱着眉头，对狗群吆喝了一声："走！"雪橇动了起来，我们跟上去，向雪山走去。

妮可走在我前面几步远的地方。我抓了一把雪，拍成一个雪球，但转念一想，还是不要扔的好。现在谁都没有打雪仗的兴致。

在雪地上又走了两三个小时，我脱下手套，活动活动手指。上嘴唇不停地挂霜，我伸手擦了擦。

我们来到雪山脚下的一片松树林里。突然间，雪橇狗猛然停下，开始汪汪大叫。

"走！"亚瑟喝道。

雪橇狗不听号令，一步都不肯走。

妮可跑到她最喜爱的拉尔斯身边："怎么回事，拉尔斯？出什么事了？"

拉尔斯呜呜嗥叫。

"它们怎么了？"爸爸问亚瑟。

亚瑟的脸再次变得苍白。他的手在发抖，眼睛迎着雪地刺目的反光，紧张地瞪着树林。

"狗受惊了，"他说，"看，它们的毛都奓了。"

我抚拍着拉尔斯。是这样的，它全身的毛都竖了起来，喉咙里发出低沉的咆哮。

"能让这些狗害怕的东西不太多，"亚瑟说，"不管是什么，一定把它们吓坏了。"

四条狗全都在低声狂吠。

妮可向爸爸靠过去。

"雪山上有很危险的东西,"亚瑟说,"危险——离我们已经很近。"

# 12　中途折返

"我警告你，布莱克先生，"亚瑟说，"必须马上回去。"

"不行，"爸爸反对，"不回去，我决定了。"

狗群仍在狂吠，躁动不安。亚瑟摇了摇头："我不会再往前走了，这些狗也不会。"

爸爸向狗群大喝一声："走!"可它们狂吠着直往后退。

"走!"他又喊了一声。狗群没有前进，反而想在雪地上调头。

"你只是让它们更不安，"亚瑟说，"它们现在不肯往前走了——我已经告诉过你。"

"如果现在回去，"亚瑟说，"赶回木屋才能逃过一劫。"

"我们怎么办，爸爸?"我问。

爸爸眉头紧锁。"也许亚瑟说得对。这些狗肯定是被什么东西吓坏了，附近可能有熊一类的东西。"

"不是熊，布莱克先生，"亚瑟说，"不然狗不会被吓丢了魂，我也一样。"

说完，他看准车夫小屋的方向，踏着积雪，走上了回头路。

"亚瑟!"爸爸叫道，"回来!"

亚瑟一言不发，头也不回地继续向前走。

他真的被吓坏了。想到这里，一阵恐惧带着寒意袭遍了我的全身。

狗群依然狂吠不止，随即便拉着雪橇调头追随亚瑟去了。

爸爸向树林里望去。"真希望能看到那里有什么。"

"去看看吧，"我鼓动他说，"不管是什么，也许能拍到精彩的照片。"这么说一般都能打动爸爸。

他回头看看匆匆向木屋赶去的亚瑟，还有狗群和雪橇。"不行——太危险了。没别的办法，还是走吧，孩子们。"

我们打道回府，朝小木屋走去。"也许能劝劝亚瑟，明天再来。"爸爸说。

我什么都没说，但是有一种预感，想叫亚瑟去爬那座雪山，可不是一件容易的事。

　　而且，也许亚瑟说得对。能把狗吓得那么惨的东西，一定会让人胆寒。

　　我们回到小屋的时候，亚瑟正将雪橇从狗身上卸下来。狗群已经安定了许多。

　　我一把甩掉背囊，倒在睡袋上。

　　"我们还是弄点晚饭的好。"爸爸闷闷不乐地说，我知道，他现在的心情一定很坏，"乔丹，去和妮可捡点柴火吧，不过记得要小心。"

　　"我们会的，爸爸。"妮可应道。

　　我站起来就往外走。

　　"乔丹！"爸爸的语气里带着责备，"背上背囊。我要求你们不论走到哪里都带着它，明白了吗？"

　　"不就是去捡柴火吗，"我不满地说，"我不想背着它了，反正只出门几分钟——而且，妮可不是背了吗？"

　　"不要再说了！"爸爸厉声说，"如果你迷了路，这些食物在我们找到你之前，能维持你的生命。走出木屋一步，都必须带上背囊。清楚了吗？"

　　天哪，他的心情不是一般的糟。"清楚了。"我说道，背上了背囊。

　　妮可和我嘎吱嘎吱地走过雪地，来到最近的一片树林。它在半英里外，绵延分布在一道白雪皑皑的山脊上。

我们开始登山，我先到达了山顶部。

"妮可——快看！"

雪山脊的另一面，有一条冰冻的小溪。这是我们出发以来，头一回看到水。

妮可和我碎步跑下山脊，观赏结冰的小溪。我用脚踩了踩冰面。

"别走上去，乔丹！"妮可叫道，"你会掉到水里的。"

我用靴尖点了点冰面。"很结实的。"我说。

"还是不要去，"妮可说，"别乱来，如果你再出什么事，爸爸会杀了你。"

"不知道有没有鱼在冰下面游。"我往冰层下面看去。

"我们要把这条小溪告诉爸爸，"妮可说，"他可能会来拍几张照片。"

我们离开小溪，到树林里去收集干枯的树枝，然后拖着拾到的柴火，走下山脊回到木屋。

"谢谢，孩子们。"我们跑进屋里，爸爸接过木柴，开始生火，"今晚吃烤薄饼好吗？"

看来他现在心情好些了。我暗暗松了一口气。

妮可把发现冰溪的事告诉了爸爸。

"有意思，"爸爸说，"吃完晚饭我去看一眼。除了这些冰啊、雪啊，一定得拍些别的。"

吃烤薄饼让大家都高兴了起来，只有亚瑟例外。

他吃得很多，但说得很少。他一直神经紧张，叉子从手里掉到地上，他咕咕哝哝地捡起来，连擦都不擦就接着吃。

吃完晚饭，妮可和我帮着爸爸收拾餐具。

正在收拾东西的时候，狗群又开始狂吠。

我看到亚瑟一下子就呆住了。

"怎么了?"我叫道，"什么东西惊动了狗群?"

# 13　向导逃跑

狗群呜呜嗷嗷，狂叫不止。

外面有什么？

动物？怪兽？

"我去看看。"亚瑟面色凝重。他穿上大衣，戴上棉帽，快步走出木屋。

爸爸抓起大衣。"你们别出去。"他叮嘱我和妮可一句，然后跟着亚瑟去了。

我和妮可大眼瞪小眼，听着外面狗群躁动的吠叫。过了一会儿，吠声停止了。

爸爸探头进屋："外面什么都没有，不清楚狗为什么不安，不过亚瑟正在安抚它们。"

爸爸抓起照相机："你们俩睡一下，好吗？我去看看那条小溪，不会很久的。"

他将照相机挂在脖子上，垂在大衣的毛皮领子外面，随手用力关上门。

嘎吱嘎吱——爸爸踏雪的脚步声慢慢远去，四周万籁俱寂。妮可和我钻进了睡袋。

我侧身躺着，想让自己舒服点儿。已经过了八点，但外面还是很亮。阳光从小屋的窗户里照了进来。

这亮光让我想起了小时候，一到下午，妈妈总想让我小睡一下，但我白天从来都睡不着。

我的眼睛一会儿闭上，一会儿睁开，一丝睡意都没有。

我转过头去，看看妮可。她仰躺着，眼睛也睁得老大。

"我睡不着。"我说。

"我也一样。"她应道。

我在睡袋里翻来覆去。

"亚瑟到哪儿去了？"妮可问，"为什么这么久还不回来？"

"我猜他和狗在一起，"我说，"比起我们，他好像更喜欢狗。"

"那还用说。"妮可表示同意。

我们接着在睡袋里翻腾。天还是亮的，光线从窗户照进屋内。

193

"我不睡了,"我受不了地说,"咱们出去,玩堆雪人什么的吧。"

"爸爸说不要出去。"

"我们哪里都不去,就在屋子外面。"我向她保证。

我从睡袋里爬出来,开始穿衣服。妮可坐了起来。

"这样是不行的。"她告诫我说。

"得了吧,还能出什么事?"

她站起来,穿上毛衣。"再不找点事干,我会在屋子里闷出病来。"她终于实话实说。

穿暖和之后,我拉开了小木屋的门。

"乔丹——慢着!"妮可叫了一声,"你忘了背囊。"

"不过就在房子外面。"我不情愿地说。

"别这样,爸爸说过的。如果他发现我俩出去了,一定会发火。再加上你连包都不背,他肯定会火冒三丈。"

"噢,好吧,"我咕哝了一句,背上背囊,"真是小题大做。"

我们走进冰天雪地中。我抬脚踢了踢积雪。

妮可一把抓住我的外衣袖子。"听!"她小声说。

木屋后面传来一串脚步声。"是亚瑟。"我对她说。

我们偷偷绕到屋后。没错,是亚瑟。

他蹲在雪橇旁边,正往一条狗身上套缰绳,另外两条已经套好了。

“亚瑟!”我大叫一声，“你在干什么?”

他吓了一跳，扭头看了看我们，然后一声不吭地跳上了雪橇。

“走!”他鼓足劲儿，向狗群一声暴喝。

狗儿身体前倾，用力猛拉。雪橇一点点地开始滑动。

“亚瑟! 你要去哪里?”我尖声叫道，“回来!”

雪橇已经加速。

“亚瑟! 亚瑟!”妮可和我追了上去，叫着他的名字。

但雪橇离我们越来越远。

亚瑟连头都没有回一下。

# 14　迷失在风雪中

妮可和我追着雪橇，看着它越变越小。

"亚瑟！回来！"

"他把吃的全带走了！"我大叫。

不能让他就这么跑了。我们拼尽所有力气追上去，靴子陷进厚厚的积雪里。

雪橇爬上一道堆满积雪的高高的山梁。

"停下！停下！"妮可尖叫，"求求你！"

"我们追不上狗拉的雪橇。"我气喘如牛。

"得再加把劲儿，"妮可万分焦急，"不能让亚瑟把我们撇在这儿！"

雪橇翻过山梁，不见了。我们一步一滑地向山梁攀登。

等我们爬到山梁顶上的时候，亚瑟和狗群已经遥不可及。我们惊惶不安地看着雪橇急驶在苔原上，慢慢消失在视野中。

我筋疲力尽地往雪地上一倒。"他走掉了。"我好不容易才说出话来。

"乔丹，快起来！"妮可恳求地说。

"追不上了。"我哀叹。

然后，妮可的声音变得像蚊子一样："我们这是在哪儿？"

我站起来，看看周围。雪，雪，雪，四面八方，除了皑皑白雪，没有任何别的事物。没有路标，也没有木屋的踪迹。

太阳躲到云彩的后面，风声渐起，雪下起来了。

我完全不知道这是哪儿。

"木屋在哪边？"我的声音变得很刺耳，"我们从哪边来的？"

雪花纷纷扬扬，我们向地平线眺望。到处都不见小木屋。

妮可拉拉我的胳膊。"木屋在那个方向，我们走吧！"

"不！"雪下得更急更快，冻得我两眼生疼，我在风中大声喊道，"木屋不在这边，我们不是从那条路来的。"

"看！"妮可手指着脚下喊道，"我们的脚印！顺着脚印走就能回去。"

我们沿着来时留下的印迹，开始下山。呼啸的风一阵比一阵刮得凶。

我们顺着脚印，走了一会儿。在纷飞的雪花中，想看清那些印迹非常困难。眼前只有一片白和灰，一个灰白两色的世界。

妮可隔着密集的雪花，向我看过来。"我快看不见你了！"她大喊。

我们弯着腰，寻找地上的脚印。

"脚印没了！"我大叫。飞雪掩盖了脚印，几乎不留一点痕迹。

妮可紧紧抓着我的胳膊："乔丹，我好害怕。"

我也害怕，不过我没有告诉妮可。

"我们会找到木屋的，"我向她保证，"别担心。爸爸现在肯定也在找我们。"

但愿我的话没有错。大风裹挟着硬得结成冰的雪，重重打在我们身上。我在风雪中眯着眼，用力地看着前方的路。但是除了白茫茫的一片，什么都看不到。只有白色加白色，白色加灰色。

"别放开我！"我对妮可喊道。

"什么？"

"我说，别放开我！在风雪中很容易走散！"

她更用力地抓紧我的胳膊，表示明白了。

"我好冷，"她喊道，"跑起来吧!"

我们试着在雪地奔跑，顶着狂风，跑得跌跌撞撞。"爸爸!"我们大声呼喊，"爸爸!"

我已经完全辨不清方向，但是我知道，一定要走到某个地方去。

"看!"妮可指向风雪之中的远处，"那里好像有东西!"

我努力看过去，但什么都看不到。

妮可拉着我。"快!"她喊道。

我们跑了起来，眼前什么都看不清。跑着跑着，突然脚下一空。

我依然抓紧妮可，没有放手，感觉自己仿佛被吸进了积雪深处。

# 15　险象环生

我们一直往下坠，坠入冰冷彻骨的一片雪白之中。

大雪席卷，围绕着我们，在身边回旋飞舞。覆盖在我们身上。

又是一道冰缝，我心想，莽莽雪原中的另一个深渊，并且比我曾经遇到的要深得多。

随着两声大叫，我们俩纠缠着落到地上。

"别压着我！"妮可尖叫，"我们在哪里？快别压着我！"

天旋地转，我好不容易才从地上爬起来，然后又拉住她的两只手，将她也扯了起来。

"啊，天哪！"妮可叫苦道。

我们俩一起抬头，看着头顶的裂缝。灰蒙蒙的一线天空远远地悬在头顶，几乎看不到。

包围着我们的，是高耸的雪墙。风一吹，粉末状的雪簌簌地落到身上。我往裂缝顶上看去，大块的积雪压裂了冰层，碎冰掉进裂缝，落在我们脚边，发出砰砰的声响。

"我们被困在底下了！"妮可哭叫，"爸爸找不到我们了！永远都找不到！"

一团雪掉进缝里，落在我的靴子上，我抓住她外套的肩部。"冷静些。"我对她说。然而我说话的时候，声音也在颤抖。

"冷静？叫我怎么冷静？"她尖叫着说。

"爸爸会找到我们的。"我说。这话连我自己都不那么相信。我用力吞吞口水，极力压制住心中的恐慌。

"爸——爸——"妮可尖声叫了起来，她用手圈住嘴巴，仰面朝天，放开喉咙，用最大的力气尖叫，"爸——爸——"

我伸出手捂住她的嘴。

但来不及了。

我听到了低沉的轰鸣。

低低的轰鸣随后变成了惊天动地的巨响，雪墙开裂，然后慢慢崩塌。

雪墙塌了，向我们砸来。

我惊骇欲绝，浑身颤抖，心中知道发生了什么事。

妮可的高声喊叫引发了雪崩。

# 16　神秘洞穴

眼看大片的积雪朝我们当头落下，我抓住了妮可。

我用力一推，让她紧靠在雪墙上，然后自己也挺直了身子往雪壁上贴。

积雪咆哮，飞泻而下。

我紧贴雪壁——没想到，背后的雪墙居然在往里陷！

"啊——"我在震惊中失声大叫。妮可和我一起，跟跄着从冰缝侧壁穿了进去。

我们扑进了一团黑暗之中。

身后传来轰隆一声巨响，我的心不由得咚咚乱跳。回头一看，只见冰缝的底部已被填满，崩塌的积雪将石壁中间的空隙塞得满满的。

妮可和我被严严实实地堵在了里面，堵在这个黑洞当中。

冰缝消失，出路没有了。

我们蜷缩在这有如隧道一般的黑暗空间里，全身发抖，害怕得直喘粗气。

"这是什么地方？"妮可艰难地问道，"现在我们该怎么办？"

"我不知道。"我紧抓着石壁。我们好像进入了一条通道，身边摸到的不是雪，而是岩石。

眼睛适应了黑暗，我看到在通道的尽头，有一点微弱的光亮。

"我们去那边看看。"我鼓动妮可。

我们四肢着地，在通道里向亮光爬去。来到尽头，我们站了起来。

眼前是一个很大的洞穴，洞顶高出我们的头很远。一边的石壁上有水，滴答滴答地慢慢落下。那一丝微光来自洞穴深处的什么地方。

"光是从洞的外面照进来的，"妮可说，"说明这里能出去。"

我们慢慢地走进洞穴。四下里一片死寂，只有正在融化的冰发出的滴水声，滴答，滴答，滴答……

很快我们就能出去了，我心想。"乔丹，"妮可小声说，"快看！"

在洞穴的地面，可以看到一只脚印。巨大无比的脚印，比我那天早上在雪地里伪造的还要大。

脚印里可以放得下我五只鞋。

我向前走了几步——又看到一只脚印。

妮可抓住了我的胳膊。

"这会不会是……"她顿住了。

我知道她在想什么。

我们跟着巨大的脚印深入洞穴，来到洞穴后部的一个黑暗角落——我们彻底惊呆了。

我抬头仰望。

妮可猛吸了一口凉气。

我们俩同时看到了它。

那个怪物。

那个雪人！

它赫然挺立在我们面前。

它像人一样，两腿站立，满身棕毛。那丑陋的脸上，瞪着两只黑色的眼睛。它一半像人，一半像大猩猩。

它并不太高——大概比我高出一头——但它看上去壮硕无比。它身躯雄壮，充满力量，有一对巨大的脚板和覆满长毛的双手——这手大得像棒球手套一样。

"我们逃……逃不了啦！"妮可结结巴巴地说。

她说得对。

身后的出口已被雪崩封堵，想从这头巨兽身边溜过去，是不可能的。

不可能。

雪人俯视着我们，身体好像动了一下。

# 17　寻找出路

我的牙齿咯咯作响。

我用力紧闭双眼，哆嗦着准备束手就擒。

一秒钟过去了，又一秒钟过去了。

什么事都没有发生。

我睁开眼睛。雪人纹丝未动。

妮可上前一步。"它冻僵了！"她喊道。

我在昏暗中连连眨眼："啊？"真的，雪人僵硬地冻在了一个巨大的透明冰块中。

我摸摸冰块。怪物站在冰里，就像一座雕塑。

"如果它被冻在冰块里，"我有点困惑，"那些大脚印又是谁的？"

妮可弯下腰，仔细研究那些脚印，再一次为它的巨大而深深战栗。

"这些脚印笔直通向那块冰，"她说，"肯定是雪人不知怎么踩出来的。"

"也许它走到这里，然后不小心冻僵了。"我猜测道。我摸了摸洞穴后部的石壁，有冰冷的水从上面滴下来。

"也许它是回到冰块里面休息一下，"我又说道，"就像吸血鬼德库拉每到黎明时分，就要回到棺材里躺着。"

我退开一步。离它这么近，着实太吓人。但这怪物在厚厚的冰块里没有丝毫活动的迹象。

妮可凑近冰块。"瞧它那双手！"她喊道，"或者叫爪子什么的。"

和身体的其他部位一样，它的双手也长满了棕毛。它有很粗的手指，和人的一样，指头上长出了长而尖的利甲。

看到那些尖利的指甲，我的后脊梁上飕飕地直冒冷气。它这些指甲有什么用？将野兽撕成碎片？撕碎不小心碰到它的人？

它的双腿强健有力，脚上的趾甲短一些。我仔细观察它的脸。毛发覆盖了它的整个头部，只在眼睛、鼻子和嘴巴周围有一圈裸露的皮肤，是一种很深的粉红色。它的嘴唇很厚，白色的，扭曲成一副凶神恶煞般的模样。

"它肯定是哺乳动物，"妮可说，"这一身毛清楚地说明了这一点。"

我翻了个白眼。"现在没时间上生物课，妮可。等爸爸看到这个再说吧。他会乐疯了！如果能把它照下来，他就出名了！"

"嗯，"妮可叹息着说，"如果我们能找到爸爸的话，如果我们还能出得去。"

"这儿肯定有出口。"我说着，走到一旁的石壁边，伸出双手在壁上摸索，想找找看有没有洞口，或者一道裂缝。

过了几分钟，我找到一条小小的裂缝。"妮可！"我大叫，"有发现！"

她跑到我身边，我把穴壁上的一条缝隙指给她看。她露出失望的表情。

"只是一条裂缝而已。"她说。

"可能有些东西你不知道呢，"我反驳说，"也许这里有一道暗门，一条隐蔽的隧道，或者别的什么。"

她叹了一口气："也许可以碰碰运气。"

我们在裂缝上又是按又是敲，还踢了几脚，我甚至用上了空手道的劈掌！

然而毫无效果。

"我不想泼你的冷水，乔丹，"她说，"但我没有说错，你找到的只是一条岩石缝。"

"那，接着找，"我大吼一声，"一定要想办法出去！"

我继续寻找，背对着那只怪物，用手摸着石壁。

突然，我听到一个声音，很响的咔嚓一声！

"妮可！"我喊道，"你发现什么了吗？"

我转过身去，才知道不是妮可发出的声响。她目瞪口呆地看着怪物，满脸惊恐。

"怎么了？"我问她，"出什么事了？"

又是咔嚓一声！

"冰块开裂了！"妮可尖叫，"怪物——就要出来了！"

# 18　破冰而出的怪物

咔嚓！

冰块四分五裂，妮可和我紧紧贴在石壁上，胆战心惊地看着。

雪人破冰而出。冰块落到地面，像玻璃一样摔得粉碎。雪人抖抖身子，像狼一样仰天长啸。

"快跑！"我大叫一声。

妮可和我撒腿就跑，但根本跑不到哪里去，只能慌慌张张地冲到洞穴的另一边——尽可能地离怪物远一点。

"隧道！"我大叫一声，猫下腰就要往里钻。

妮可一把拉住我。

"等等！那儿出不去！雪崩——你忘啦？"

啊，没错，洞穴的出口已经被积雪堵死了。

洞穴对面，怪物一声暴吼，连石壁都为之震撼。

妮可和我缩到一个角落，我感觉到她在瑟瑟发抖。

"也许它并没看到我们。"我悄悄说道。

"那它吼什么？"妮可也悄悄地说。

怪物的大猩猩鼻子一抽一抽的，在闻着什么。

啊，惨了！我心想。它在洞的那头儿能闻到我们吗？

它正晃着毛茸茸的硕大头颅，东张西望。

它在找我们，我想道，它闻出来了。

"嗷！"它咆哮一声，向洞穴的一角看去——就是我们藏身的角落。

"嗷！"又是一声咆哮。

"啊，不！"妮可惨叫一声，"它看到我们了！"

怪物晃动着笨重的身躯，慢慢向我们走来。每迈出沉重的一步，都伴随着一声低吼。

我紧靠石壁，真希望它能把我吞进去。

怎么也比被怪物吞了好啊！

怪物继续向我们走过来，脚步震荡着洞穴的地面。砰！砰！砰！

我们蜷缩成一团，尽可能地将自己缩得小些，再小些。

它在离我们只有几英寸远的地方停下，又发出一声咆哮，差点震聋了我们的耳朵。

"你看它的牙！"妮可喊道。

我也看到了。两排锐利如刀的巨齿。

怪物的喉咙里发出粗重的低吼。

它张开尖利的巨爪，伸向我们。

它向我拍来，我幸运地躲闪了过去。

怪物失手，气急败坏地大叫一声，再次出手……

强壮有力的大爪子捂住了妮可的天灵盖。

"救命!"妮可惨叫，"它要捏死我了!"

# 19　什锦果仁

"放开她!"我厉声叫道。

但我知道,自己帮不上忙。

雪人吼叫一声,粗鲁地将妮可拨得转过身去。

然后它把爪子伸到她背上,抓住了背囊,猛地一用力,将背囊扯了下来。

"喂!"我惊恐地叫了一声。

它只用一片指甲,就划破了帆布背囊,然后把爪子伸进去,拿出了一样东西。

一个袋子,一袋什锦果仁。

妮可和我惊奇万分,看着它将什锦果仁倒进嘴里。

"奇怪,"我说,"它喜欢吃什锦果仁。"

怪物把空袋子揉成一团,又在妮可的背囊里掏来掏去,还想再找一袋。

"只有这么多。"妮可小声对我说。

随着一声怒吼，怪物扔掉了妮可的背囊。

"怎么办?"妮可小声问道。

我把手伸进自己的背囊里，哆哆嗦嗦地搜出我的那一袋什锦果仁，朝怪物抛了过去。

袋子落地，滑到怪物脚边。它弯腰拾起，撕开口袋，贪婪地大吃特吃起来。

它吃完以后，我把背囊推给它。

它一边低声吼叫，一边哗啦一声，把袋子里的东西通通倒了出来。

没有什锦果仁了。

啊哦!

怪物挺起身，发出惊心动魄的嗥叫。然后它伸出两条巨大的手臂，抓住了我和妮可。

它举起我们。

举到它的面前。

向嘴边送去。

准备把我们吃掉。

# 20　力大无穷

我拼命挣扎，但它实在太强壮了。我用尽力气，拳打脚踢，它却一点反应都没有。

它抓住妮可和我，就像拿着两个布娃娃。

"请不要吃我们！"我哀求道，"求求你！"

怪物大吼，只用一条胳膊便圈住我们两个人，将我们夹得紧紧的，蹒跚地往洞穴深处走去。

我踢它的肋部。它没感觉，一点都没有。

"放手！"我尖叫，"放我们下来！"

"它想把我们带到哪里去？"妮可大叫着问。随着怪物的步伐，她的身子一起一伏。

也许要把我们拿去烤一烤，我冒出非常恐怖的想法，也许它不喜欢吃生的小孩肉。

它带着我们来到洞穴深处，举起手掌。随着一记力大无穷的拍击，一块大石头被移到一旁，露出来一条窄窄的通道。

妮可哀叹一声："为什么我们没发现这个？不然早就逃出去了！"

"已经来不及了。"我悲惨地说。

雪人带着我们，穿过通道，进入一个较小的洞穴。这里面光线充足，我抬头望去。

头顶可以看到灰色的天空。

这是出口！

怪物还是用一条胳膊夹着我们俩，攀上了露天洞穴的石壁，迈着蹒跚的大步，爬出了洞口。

凛冽的寒风抽打在我的脸上，但雪人的身体传出了一股股暖流。

暴风雪已经停歇，新雪覆盖在苔原上。

怪物大步走进雪原，一边走一边低声哼哼。

它的大脚深深地陷进积雪中，每一步都迈得很远。

它想把我们带到哪里去？哪里？

也许它还有另外的洞窟，我不寒而栗地想，那里有更多的怪物，都是它的朋友，它们要拿我们吃个痛快！

我用尽力气踢它，拼命扭动身体，企图挣脱它的掌握。

怪物吼了一声，手下一使劲，指甲紧紧地钳在我身上。

"噢!"我短促地叫了一声，不敢再动。只要稍微一动弹，它的爪子就钳得更紧。

可怜的爸爸，我悲哀地想，他永远都不知道我们出了什么事。

除非，他能发现我们被埋在雪里的遗骸。

突然，我听到了叫声——狗叫声!

雪人停下来，咕哝了一句，咻咻地吸了吸鼻子。然后，它轻轻地将妮可和我往雪地上放。

我们摇晃着落地站好。

妮可不解地看着我。

我们转身就跑，连滚带爬地跑在深深的积雪上。我回头看了一眼。

"它在追吗?"妮可问道。

我不敢肯定。现在已经看不到它了，眼里只有白茫茫的一片。

"快跑，别停下!"我喊道。

这时，远方出现了一个棕色的小点，让我觉得眼熟。

我碰了碰妮可："小木屋!"

我俩跑得越发起劲。能跑回小木屋就没事了……

小木屋里传来激烈的犬吠，是亚瑟慌忙之中没有带走的那条。

"爸爸！爸爸！"我们放声大叫着冲进门内，"我们发现它了！我们发现了雪人！"

　　"爸爸？"

　　小木屋里空空荡荡，没有东西，也没有人。

　　爸爸不在里面。

# 21　重返洞穴

我的眼睛在空空的木屋里到处搜索。

"爸爸？爸爸？"

我的心提了起来，喉咙里直发干。

他去哪里了？

是出去找我和妮可了吗？还是在雪地里迷路了？

"只……只剩我们两个人了。"我喃喃地说。

妮可和我跑到窗边。一层薄薄的积雪冻住了窗框，我们隔着玻璃，望着阳光明亮的屋外。

没有爸爸的身影。

"至少，雪人没有追我们，这已经挺走运了。"我说。

"乔丹，为什么它会放了我们？"妮可轻声问道。

"我想，是狗叫声吓住了它。"我回答。

如果狗没有叫，那个怪物会把我们怎么样？

这个问题刚闪进我的脑子里，狗又开始叫了。妮可和我同时吸了一口凉气。

"雪人——"我大叫，"它来了！躲起来！"

我们左顾右盼，仓皇地想找一个藏身之处。可是木屋里的东西太少，怎么躲都会马上被它发现。

"炉子后面！"妮可急促地说。

我们冲到很小的正方形炉子后面，缩着身子蹲下来。

小木屋外传来了沉重而缓慢的脚步声。

嘎吱，嘎吱，嘎吱——踩在雪地上的脚步声。

妮可紧紧抓住我的手，我们俩一动不动，等着，听着。

嘎吱，嘎吱——

千万不要进木屋，我暗暗祈祷，千万不要再被它抓住。

脚步声停在门外，我用力闭上了眼睛。

门砰的一声打开了，一股冷风直扑进来。

"乔丹？妮可？"

是爸爸！

我们从炉子后面冲出来。站在那儿的是爸爸，脖子上还挂着照相机。

我和妹妹冲到爸爸身边，紧紧地抱住他："原来是你，爸爸！我太高兴啦！"

"嗨!"他答道, "这是怎么啦, 孩子们? 我还以为你们都睡着了。"他环顾小屋, "咦……亚瑟在哪里?"

"他溜啦!"我回答说, "他赶走了雪橇, 把所有吃的和三条狗, 都带走了。"

"我们在后面追,"妮可接下去说道, "可他还是跑掉了。"

爸爸先是满脸惊讶, 然后又变为忧惧:"我最好用无线电发射器呼叫援助。没有食物, 我们支持不了太久。"

"爸爸——听我说,"爸爸正要去拿无线电发射器, 我拦住了他, "我和妮可……发现了雪人!"

他往旁边跨了一步, 躲开我。"现在不是开玩笑的时候, 乔丹。如果我们不寻求帮助, 就会饿死在这里!"

"他不是开玩笑, 爸爸,"妮可拉着爸爸的胳膊说, "我们真的发现了雪人, 它住在雪地下面的一个洞穴里。"

爸爸停下来, 认真地看着妮可。他一向相信她, 但这一次有点拿不准了。

"真的!"我叫道, "来——我们带你去看!"

我和妮可把他拉到门外。

"乔丹, 如果这一次还是你玩的鬼花样, 那你的麻烦可就大了,"他警告说, "我们现在的处境很危险, 而且……"

"爸爸, 他不是在开玩笑!"妮可不耐烦地说, "来嘛!"

221

我和妮可带着他，来到雪人放下我们的地方，指着那巨大的脚印让他看。

　　"这就能让我相信了吗？"爸爸说，"今天早上你还弄虚作假，造了一个雪人脚印呢，乔丹。这个只是大一点而已。"

　　"爸爸，我发誓……不是我弄的！"

　　"我们带你去看那个洞，爸爸，"妮可把握十足地说，"跟着脚印走，等着瞧吧，绝对叫你不敢相信自己的眼睛！"

　　我知道，爸爸跟着我们来，只是因为妮可执意要他这么做。他相信她，因为她从来不搞恶作剧。

　　我们三个人身子前倾，顶着风，在雪地上追踪着大脚印。爸爸忍不住还是拍下了那些大脚印的照片——万一是真的呢。

　　脚印将我们带回了露天洞穴，然后消失在地面上的那个大洞旁边。

　　"洞穴就在这个洞的下面。"我伸手一指，对爸爸说。

　　现在爸爸好像已经相信我们了。"咱们下去看看。"他说。

　　"啊？"我大叫，"又要下去？去找那只怪物？"

　　爸爸已经从洞口滑了下去，伸手要拉我和妮可。

　　我有点迟疑。"爸爸……等一下。你不知道，下面有怪物！"

"来吧，乔丹，"爸爸催促我，"我要亲眼看一看。"

爸爸打定了主意，不管我说什么，他都一定要进去。我也不想一个人等在外面。所以我没办法，只好爬下去，来到洞底。

我们三人一路摸索，沿着狭窄的通道一直走到大洞穴的入口。

爸爸和妮可相继走进洞内，但是我却停在洞口，紧张地往里面看。

"乔丹！跟上！"爸爸小声说。

里面有个怪物，我胆寒地想，一个巨大的怪物，有长长的指甲和尖利的牙齿。

我们好不容易才从它手里逃走，为什么还要回来？在里面又会遇到些什么情况？

我有一种不好的预感。很不好的预感。

# 22　惊人之举

爸爸拉住我的手，把我拉进洞中。冰水滴滴答答落在洞穴深处的石壁上，我在黑暗中连连眨眼。

它在哪里？雪人在哪里？

我听到爸爸的照相机咔嚓咔嚓地响开了。我想紧跟着爸爸，却一眼看到了雪人，顿时失声惊叫，以为它会大吼着，向我们轰隆隆地走过来。

但它只是呆立着，双眼直勾勾地看着前方。

它又冻住了，在一个巨大的冰块里。

妮可走到冰块旁边："它是怎么变成这样的？"

"太惊人了！"爸爸高声叫喊，一张接一张地拍照，"真是不可思议！"

我仰望着怪物的脸。它正从冰块里面瞪着我们，黑眼睛里闪着亮光，龇牙咧嘴，发出无声的咆哮。

　　"这是历史上最令人惊奇的发现！"爸爸大喊大叫，"你们知道咱们能多出名吗？"

　　他暂停拍照，抬头看着披满棕毛的怪物。

　　"为什么就这样算了？"他咕咕哝哝地说，"为什么拍到照片就完事了？为什么不直接把这个雪人带回加利福尼亚？你知道它会造成多大的轰动吗？"

　　"可是……怎么带？"妮可问道。

　　"它是活的，爸爸，"我提醒他说，"我是说，它能从冰块里脱身出来，它真的很可怕，我认为你控制不了它。"

　　爸爸试探地轻轻敲了敲冰块。"我们不会让它从冰块里出来的，"他说，"至少在控制住它以前不会。"

　　爸爸揉着下巴，围着冰块兜圈子。"如果把冰块削小一点，就可以把它放进我们的储备箱，"他说，"这样就可以把困在冰块里的雪人锁在箱子里带回加利福尼亚。箱子是绝对密封的，所以冰融化不了。"

　　他走近冰块，对准雪人咆哮的脸孔又按了几下快门："咱们回去取箱子，孩子们。"

　　"爸爸——等等，"我不喜欢这个主意，"你不明白，雪人可能会攻击我们。它已经放过我们一次了，为什么还要再冒第二次险？"

　　"看看它的牙齿吧，爸爸，"妮可恳求道，"它力大无穷，一条胳膊就能夹起我们两个人！"

225

"这个险值得冒，"爸爸固执地说，"你们俩不是都没受伤吗?"

我和妮可都点了点头。"是的，可是……"

"走吧。"爸爸主意已定，不想再听我们的劝告。

我从没见他这么兴奋过。在我们离开洞穴的时候，他居然回头冲雪人喊了一句："别乱跑，我们马上就回来!"

我们踏着积雪，匆匆回到木屋。爸爸把储备箱拉到屋外。它大概有两米长，一米宽。

"能装得下雪人，"他说，"不过装进去以后，会死沉死沉的。"

"我们还需要拖它的雪橇。"妮可说。

"可是亚瑟赶走了雪橇，"我提醒他们，"那么说，这件事干不成了。我们只好就这么回家，带不上雪人了，真可惜呀!"

"也许附近什么地方还有雪橇，"爸爸猜测道，"不管怎么说，这间屋子以前毕竟是车夫小屋呀。"

我想起在狗舍里看到过一架旧雪橇，妮可也见到了。她把爸爸领了过去。

"太美妙了!"爸爸大叫，"现在我们快去抓雪人，免得它逃跑了。"

我们给仅有的狗拉尔斯套上旧雪橇，拖着储备箱来到雪人居住的洞穴。

接着，我们拉着箱子，谁都不说话，轻手轻脚地进入洞穴。"小心点，爸爸，"我告诫他，"现在它可能已经破冰出来了。"

然而雪人依旧站在原地，冻僵在冰块里。

爸爸用一把钢锯切割冰块。

我焦虑不安地走来走去。"快点儿！"我低声说，"它随时可能冲出来！"

"说得容易，"爸爸没好气地说，"我已经尽快了。"他锯下了一块冰。

每过去一秒钟，对我来说都像一个小时那么漫长。我把雪人盯得牢牢的，随时注意它的动静。

"爸爸，就不能小声点儿吗？"我不满意地说，"锯子的声音会把它惊醒的！"

"放松些，乔丹。"爸爸嘴里这么说，可他自己的声音也紧张得变了调。

我听到咔嚓的一声。

"小心！"我惊叫，"它要出来了！"

爸爸直起身："是我锯掉了一块冰，乔丹。"

我仔细看看雪人，它并没有动弹。

"好啦，孩子们，"爸爸说，"可以了。"冰块已经被爸爸切成了两米长的长方体，"帮我把它推到箱子里去。"

我打开箱盖，和妮可一起帮着爸爸推倒冰块，小心地将它放倒在箱子里，正好可以装得进去。

我们推着箱子在地面上滑，一直来到洞口。爸爸在箱子上绑了一道绳子，然后爬出洞口。"我把绳子拴到雪橇上，"爸爸在上面喊道，"和拉尔斯一起把它吊上来。"

"喂，"我小声对妮可说，"偷偷装几个雪球到箱子里吧——只是玩玩而已。回家以后，可以用雪球扔卡尔和卡拉。这可是雪人洞穴里的雪，他们拿什么也比不上！"

"不要——拜托。不要打开箱子，"妮可求着我说，"我们好不容易才把雪人放进去。"

"塞几个雪球进去就行。"我执意要这样做。很快，我就捏了几个雪球，拍得紧紧的。然后，我打开箱盖，将雪球紧贴冰块塞了进去。

我最后一次察看了怪物，确信它并没有活动的迹象。冰块很坚固，我们是安全的。

"在里面融化不了。"我将箱子盖好。我们拧紧箱子上的螺栓，又紧了紧捆箱子的绳索。现在我很放心了，就算雪人弄碎了冰块，它也不可能冲出这个箱子。

"好了吗？"爸爸在头顶喊道，"一，二，三——起！"

爸爸和拉尔斯拉动绳索，箱子被吊离了地面。我和妮可钻到箱子底下用力顶推。

"再来！"爸爸喝道，"起！"

我们拿出了最大的力气。"好重哟！"妮可叫苦。

"加油，孩子们！"爸爸喊道，"推！"

我们狠劲一推箱子，爸爸和拉尔斯将它拉出了坑口。

爸爸往雪地上一倒。"嗬！"他抹一抹额头，低声说道，"好了，最艰苦的部分已经完成。"

他随即将我和妮可拉出了大坑。

我们都休息了几分钟，然后将箱子拖到了雪橇上。爸爸用绳子将它固定好，拉尔斯拉着箱子回到了小木屋。

进屋之后，爸爸一把搂住我们两个："多棒的一天！多么精彩的一天！"

他看着我说："看到了吧，乔丹？没出什么可怕的事。"

"算我们走运。"我说。

"我困死了。"妮可苦着脸说完，马上钻进了睡袋。

我向窗外看去。太阳和往常一样，依然高高地挂在天上。但我知道，现在已经很晚了。

爸爸看了看手表。"已经快到午夜了，本来该让你们俩睡一会儿，"他说着皱了皱眉，"可是，我讨厌睡醒了没早饭吃。我现在要求助了，你们俩等回到镇里再睡吧。"

"我们可以住旅店吗？"我问爸爸，"睡在床上？"

"如果那儿有的话。"他一口答应，然后打开他的背包，找那只无线电发射器。

他先伸手在里面掏了一会儿，然后开始一件一件往外拿东西，有罗盘、备用照相机、几筒胶卷，还有一双脏兮兮的袜子。

　　他脸上的表情让我感觉不妙。他倒提背囊，把里面的东西一股脑儿倒在地板上，在里面翻了一遍，然后又翻一遍，越来越慌乱。

　　"爸爸？出了什么事？"

　　当他转过头来时，满脸都是惊慌之色。"无线电发射器，"他喃喃地说，"不见了。"

# 23  请求援助

"不!"我和妮可同声惊叫。

"不可能啊!"爸爸大叫一声,一拳砸在空背囊上,"一定是被亚瑟带走了,好让我们不能告发他。"

我重重地跺着脚,绕着房间走来走去,心里既害怕又愤怒。狗、雪橇、食物,通通被亚瑟带走了。

现在又加上无线电发射器。

亚瑟有心要把我们扔在这里冻死吗?还是饿死?

"冷静点,乔丹。"爸爸说。

"可是,爸爸……"妮可插进来,想说什么。

爸爸打断了她。"等一下再说,妮可。我得想想怎么办。"爸爸的眼光在屋里到处游动,"别慌,别慌,别慌。"他命令自己。

"可是,爸爸……"妮可边说边扯他的袖子。

231

"妮可!"我厉声说道,"我们遇到大麻烦了!可能会死在这儿!"

　　"爸爸!"她固执地说下去,"听我说!昨晚你包好了无线电发射器,免得它冻坏了,它在你的睡袋里!"

　　爸爸张大了嘴。"你说得对!"他大叫一声,冲到睡袋边,将手伸进去,然后掏出了裹在一条围巾里的无线电发射器。

　　他打开无线电发射器,调了调上面的旋钮。"伊克奈克,伊克奈克,请回答,伊克奈克。"

　　爸爸请求伊克奈克机场向我们派出一架直升机,并尽可能地描述了我们所处的位置。

　　我和妮可强睁睡眼,欣喜地露出笑脸。

　　"就要回家喽!"她高兴地说,"回到炎热的,充满阳光的帕萨迪那!"

　　"我要亲吻棕榈树!"我宣布,"我再也不想看到雪了。"

　　可我哪里知道,我们的雪中历险才刚刚开始!

# 24　错误的决定

"呵——"我长长地嘘出一口气，"感觉到阳光了吗？热得好舒服呀。"

"电台说今天的气温有一百华氏度。"妮可说。

"我喜欢！"我眉开眼笑，"我喜欢！"

我往胸脯上又擦了一些防晒霜。

阿拉斯加之行似乎显得那么不真实，现在，我们已经回到了帕萨迪那的家。寒冷、冰雪、无边的白色苔原上呼啸的狂风，还有咆哮着的全身棕毛的雪人，这一切就像一个梦。

然而我知道，这不是梦。

爸爸把装着雪人的箱子藏在了后院的暗房里。每次经过那儿，我都会想起那趟旅行……想起有个怪物冻得硬邦邦的在里面——立即就打起了寒战。

233

我和妮可都穿着泳衣，在后院晒太阳。亲爱的帕萨迪那，它阳光灿烂，永远、永远不下雪！

谢天谢地。

罗拉到我家来，想听听这次旅行的见闻。我想把整个的经历都告诉她，但是爸爸叫我们保守秘密——至少要等到为雪人找到一个妥善的安身之处以后。

"你们俩可真够怪的！"罗拉嗤之以鼻，"一个星期以前，你们没完没了地说下雪，现在又躺在这里让太阳把你们晒成人干！"

"这个，先吃冷盘再上热菜嘛，"我对她说，"反正，我已经看够了雪，这一辈子都够了。"

"跟我说说旅行的事，"罗拉追问，"全都给我说出来！"

"这是个大秘密！"妮可说着和我互相使了个眼色。

"秘密？什么秘密？"罗拉又问。

我们还没回答，爸爸从暗房里出来了，在阳光下眯着眼睛。他身穿长大衣，头戴滑雪帽，手上还戴着手套。暗房里的空调被他调到最低，箱子上还盖满了冰袋，为了不让雪人的温度升高。

"我现在要进城。"他边脱大衣边说。爸爸约了几位科学家和野生动物专家在洛杉矶见面。

他想把雪人交到合适的人手里，要确保雪人得到很好的对待。

"我不在家的时候，你们会好好的吗?"他问。

"当然啦，"妮可说，"我们在阿拉斯加的苔原都能幸存，在自家后院待上一个下午，我想没问题。"

"我妈妈在家，"罗拉说，"我们有什么需要可以随时找她。"

"很好。"爸爸点了点头，"好啦，我走了。不过要记住——乔丹、妮可，你们在听我说话吗? 不要去碰储备箱，离它远点儿——明白了?"

"明白，爸爸。"我答应道。

"好的。我会带比萨饼回家当晚饭。"

"一切顺利，爸爸!"妮可喊道。我目送他跳上汽车，开走了。

"什么大秘密?"爸爸一走，罗拉就追着问，"储备箱里有什么?"

我和妮可互相看了一眼。

"来呀，说嘛，"罗拉穷追不舍，"你们不说别想赶我走。"

我再也憋不住了，我不说出来不行了："我们发现了它，我们发现它然后把它带回家了。"

"发现了谁?"

"雪人!"妮可大声宣布，"雪人!"

235

劳伦眼睛一翻："当然，你们是不是还发现了牙齿仙女呢？"

"嗯，是的。"我开玩笑地说。

"它现在就躺在暗房里。"妮可对劳伦说。

劳伦一脸的糊涂："谁……牙仙？"

"不，是雪人，真的雪人，"我说，"困在一块冰里了。"

还有四五个雪球，我心想。

可以用来扔劳伦的雪球，好好地吓她一跳。

"拿出证据来，"劳伦提出要求，"你们净瞎编，还觉得自己很风趣。"

我和妮可又交换了一下眼色。我知道她在想什么。爸爸刚才还叫我们不要走近箱子。

"你们俩和米拉家的双胞胎一样坏。"劳伦不高兴地说。

那就坏到底吧。"来吧，"我说，"证明给你看。"

"最好不要，乔丹。"妮可不同意。

"不会搞坏什么的，"我下了保证，"只把盖子打开一条缝，让劳伦看见它就行。然后就关上，什么事都不会有。"

我从躺椅上爬起身，踏上草坪，向暗房走去。妮可和劳伦跟在后面。

我知道她们准会跟上来。

我打开暗房的门，又打开了灯。一股冷风吹过来，我打着赤膊的胸口一阵刺痛。

妮可站在门口，犹犹豫豫："乔丹，还是不要了吧。"

"唉，算了吧，妮可，"劳伦责怪说，"这儿没有雪人，你们两人可真是荒唐！"

"我们并不荒唐！"妮可不乐意地说。

"还是让她看看吧，妮可。"我说。

妮可没吭声，只是走进暗房，并关上了门。

我只穿着泳裤，冷得全身打战，就像回到了阿拉斯加。

我在大箱子边跪下，按开了弹簧锁。

轻轻地，慢慢地，我掀起了沉重的箱盖。

向里面看去。

我发出惊恐的尖叫，足以令人毛骨悚然、灵魂出窍。

# 25　不会融化的雪

妮可和劳伦同时放声尖叫，噔噔噔地直往后退。

妮可砰的一声，后背撞到了墙上。

劳伦一头钻进工作台下。

我再也绷不住了，捧腹大笑。"骗到你们啦！"我兴高采烈地大声嚷嚷，对自己满意得不得了。

我差点儿把她们吓死了，吓得全身发硬，比雪人还硬。雪人依旧冻结在冰块里呢。

"乔丹——你真讨厌！"妮可恼羞成怒，在我后背上捶了一下。

劳伦也给了我一下子，然后往打开的箱子里瞧。

随即，又一声尖叫响起。"它是真的！你们……你们不是开玩笑的！"劳伦连连地喘着粗气。

"没事的，劳伦，"我让她放心，"它伤不了你，被冻住了。"

她走上前去，向下看着它。

"它好大啊！"她连连惊叹，"它的……它的眼睛是睁开的，看上去好凶！"

"盖上箱子，乔丹，"妮可坚决地说，"快点，看够了。"

"现在你信我们了吧？"我问劳伦。

她点点头。"真是……真是太了不起了！"她又摇起头来，被这神奇的一幕惊呆了。

合上箱盖以前，我偷偷从箱里拿出两个雪球，然后悄悄地递给妮可一个。

"你们笑什么？"劳伦怀疑地问。

"没什么。"我紧紧关上箱盖并锁好。箱子困得住它，我心想，我们很安全。爸爸永远不会知道我们偷看了雪人。

我们走出暗房，小心地关好门。

"那只怪物真是太神奇了！"劳伦大呼小叫地说，"你爸爸想怎么处理它？"

"还不太清楚，"妮可答道，"爸爸正在考虑呢。"

她背着手，不让劳伦看到雪球。突然，她大喝一声："喂，劳伦！小心了！"

她朝劳伦扔出雪球，却没有打中。

噗！雪球打在树上。

"好球，高手呀！"我挖苦地说。

紧接着，我看到那棵树，却大吃了一惊。

雪球——并没有摔碎在地上。

它在疯长！

厚厚的白雪沿着树干迅速蔓延——甚至爬上了树枝。短短的几秒钟，整棵树上便堆满了雪！

"哇塞！"劳伦吸着凉气问，"妮可——你是怎么弄的？"

我和妮可大张着嘴，看着覆满白雪的树。

我惊得发了呆，雪球从手里掉了下去。

它落到地上，并立即向四处扩散，我赶紧往后跳。

"啊　　"我大叫，看着白雪漫过草地，像铺开了一张巨大的白毯子。

它从我们的光脚下面漫过，又越过了车道，一直延伸到了街上。

"哟！好冷！"妮可叫嚷着，两脚轮换着在地面上跳来跳去。

"这事太古怪了！"我叫道，"外面有一百华氏度——可是这些雪却没有融化！而且还越伸越远，越来越厚！"

我转过身来，只见劳伦手舞足蹈，在地上转个不停。"雪！雪！"她纵声欢叫，"太棒了！帕萨迪那的雪！"

"乔丹……"妮可轻轻地说道，"这事很不寻常。我们不应该把雪拿出洞穴，这不是一般的雪。"

她说得当然没错。雪人住的洞穴肯定是个非常古怪的地方。但我们又怎么能想得到呢？

"我们来堆雪人吧！"劳伦兴致勃勃地说。

"不要！"妮可紧张地说，"别碰它，什么都不要做，劳伦。等我们想个解决的办法。"

估计劳伦根本没听到妮可的话，她实在太兴奋了。她抬脚去踢一丛常绿植物上的雪，可那丛灌木已经被雪冻僵了。

"我们该怎么办？"我问妮可，"爸爸回来后会怎么样？他会宰了我们！"

妮可耸耸肩："我也不知道。"

"可是……可是……你不是很聪明的吗？"我焦急万分。

"真带劲！"劳伦还在唧唧喳喳叫个不停，"帕萨迪那的雪！"她捡起一团雪，双手将它团成雪球。

"打雪仗！"她大喝一声。

"不要，劳伦！"我叫道，"出大事啦。你明白吗？"

劳伦朝妮可扔出雪球。

一瞬间，厚厚的白雪裹住了妮可的全身，将她包得严严实实，就像一个雪人！

"妮可!"我大嚷着冲过雪地,来到她身边,"妮可——你还好吗?"

我抓住她的手臂。可她的手臂冰冷而僵硬。

她冻僵了!

"妮可?"我望向她被白雪掩埋的眼睛。

"听到我说话吗,妮可?你在里面能呼吸吗?妮可?妮可?"

# 26　拯救行动

"啊，天哪！"劳伦惨叫一声，"我干了什么？"

我的妹妹变成了一座塑像，一座冷硬的、冰雪覆盖的塑像。

"妮可，对不起，"劳伦哭喊着，"你听得到吗？我真的很抱歉！"

"把她搬进去，"我狂乱地说，"如果把她放到热一点的室内，也许可以让她暖过来。"

我和劳伦一人一边，抓住妮可的手臂，小心地拖着她僵硬的身体，来到屋子里。她赤着的脚指头硬得像冰，在雪地上划下了长长的一道印子。

"她冻得好僵！"劳伦叫道，"这雪怎样才能融化？"

"把她放到炉灶旁边去，"我说，"也许调到最高档，雪就会融化。"

　　我们将她立在炉灶跟前，又把灶台上所有的火眼儿全都点燃。

　　"应该会有用的。"我说。一颗汗珠从脸上滑落，不知是因为热还是因为担心。

　　劳伦和我眼睁睁地看着，等着。

　　看着，等着。

　　我一动不动，甚至没有呼吸。

　　雪并没有融化。

　　"没用，"劳伦愁眉苦脸地说，"一点反应都没有。"

　　我敲敲妮可的手臂，还是像坚冰一样。

　　我极力保持镇定，但是，心里却像装着一百只扑腾的蝴蝶。"好吧，是没用。得想点别的办法，别的办法……"

　　泪珠滚下劳伦的脸颊。"什么办法?"她颤抖着问道。

　　"嗯……"我绞尽脑汁，想找一个温度最高的地方，"锅炉! 我们把她放到锅炉前面去。"

　　我们拖着妮可，又到了车库后面的锅炉房。那些雪好像有一吨重，我们使出吃奶的劲儿才拖得动她。

　　我将锅炉的温度调到最高档，劳伦将妮可立在打开的炉门前。

　　滚烫的热风让我和劳伦连连后退。"要是连这都不管用的话，就没别的办法了。"劳伦抽泣着说。

热浪从锅炉里喷涌而出，妮可冰雕般的脸上映着红红的火苗。

我的心跳得很快，期待看到妹妹身上出现冰融雪消的一幕。

然而，冰并没有化。妹妹还是一个活人冰激凌。

"乔丹——现在我们可怎么办？"劳伦凄惨地叫道。

我摇摇头，冥思苦想。"锅炉也没用。还有什么是热的？"我慌极了，脑子乱成了一锅粥。

"别担心，妮可，"劳伦对冻僵的妮可说，"我们会把你从里面弄出来——办法会找到的。"

我蓦地想起，雪人夹着我们穿过阿拉斯加苔原的时候，它的身上是那么暖和。那儿冰天雪地，气温是零下十摄氏度，可那怪物身上却热力十足。

"快，劳伦，"我指示她，"把她抬到暗房去。"

我们俩又呼哧呼哧地喘着粗气，把妮可拉到屋外，再穿过后院，到了暗房，真是费尽了千辛万苦。

"你在这儿等着，"我对劳伦说，"我很快就回来。"

我冲进厨房，稀里哗啦地打开了所有的碗柜和抽屉，不顾一切寻找一样东西——什锦果仁。

老天保佑，但愿这所房子里的某个地方，还有什锦果仁！我在心里祈祷。

"太好了！"在装意大利面条的旧盒子后面，我找到了一塑料袋的什锦果仁。我一把抓起它，飞也似的跑回暗房。

劳伦瞪着我手里的袋子："那是什么?"

"什锦果仁。"

"什锦果仁?! 乔丹，你就不能过会儿再吃吗?"

"不是给我吃的——是给它。"我指了指箱子。

"什么?"

我打开箱锁，掀起盖子。雪人和原来一样，躺在里面，冻结在冰块中。

我抓起一把什锦果仁，在雪人的面前晃。"醒来!"我呼唤它，"求求你醒过来! 看——我给你带来了什锦果仁!"

"乔丹——你是不是疯了?"劳伦尖声喊叫，"你到底在搞什么鬼?"

"我再也想不出别的办法来救妮可了!"我叫道。

我心急如焚，颤抖着手，在雪人面前挥舞什锦果仁："来呀! 你最喜欢什锦果仁，你知道的。醒过来! 求求你醒过来! 出来帮帮我们!"

我俯身在箱子上，紧紧地盯着怪物的眼睛，盼着它能眨一眨，盼望着看到任何生命的迹象。

但那双眼睛还是定定的，毫无生气地从冰块里望着外面。

我不肯放弃。

"嗯……好吃!"我叫着,声音急切而又尖厉,"什锦果仁!伙计,多好啊!"我掰下一点葡萄干放进嘴里嚼了起来,"嗯……嗯!好吃的什锦果仁,真好吃!真美味!来呀——醒来尝尝!"

"它不会动的!"劳伦呜咽着说,"算了,乔丹,没有用。"

# 27　引出雪人

咔！一声轻微的响动，我触电般跳了起来。

我低头看着大冰块。

怪物活动了吗？

没有。还是一片安静。雪人的眼睛幽幽地反着光，空洞无神地看着我。

是我的幻觉吗？

劳伦是对的，我很伤心地想，我的计划失败了。

一切都失败了。

我轻轻碰了碰妹妹冻僵的手臂，怀着一线希望祈求可以等到爸爸回来，他会想出救她的办法。

"我们现在该……怎么……办？"劳伦抽抽搭搭地问。她根本一点儿忙都帮不上。

咔嚓！

我又听到了——这次比较响。

然后是"咔——嚓——"

一道长长的裂缝划过冰块。

雪人低沉地吼叫了一声。

劳伦狂叫一声，连连后退："它活了!"

冰块破裂。浑身是毛的雪人呻吟着，慢慢坐起来。

劳伦大声惊叫，紧紧贴住暗房的墙壁："它想干什么?"

"嘘!"

怪物抖掉肩头的碎冰，从箱子里站起来，发出低沉的吼叫。

"乔丹，小心!"劳伦喊道。

妖怪摇摇摆摆地向我走来。我的心猛烈地跳动，很想向后退——或者逃之夭夭。可是我不能，我必须留下来，救出妮可。

"嗷!"雪人发出模糊的低吼，朝我挥出巨爪。

劳伦惊叫一声，声音尖厉刺耳。

我向后一闪。怪物想怎么样?

"嗷!"怪物又是一声叫喊，再次挥动巨爪。

"快出去!"劳伦大声说道，"它会弄伤你的!"

我很想跑，但是妮可……

怪物再次向我出手——抢走了我手里的那袋什锦果

仁。

我突然明白了，这才是它想要的，它是要拿这袋什锦果仁。

它将什锦果仁一股脑儿地倒进嘴里，狼吞虎咽地吃着。然后，它把袋子随手一抛。

劳伦紧缩在暗房的墙角。"把它弄回箱子里去！"她喊道。

"你疯了吗？我怎么弄？"

雪人连连吼叫，笨重地移动着身躯。

沉重的脚步震动了地板，它停在妮可面前。

它伸出粗壮有力的双臂，抱住妮可白雪覆盖的身体——用力抱紧。

"让它住手！"劳伦尖叫，"它要挤碎她了！"

# 28　大祸

我无法动弹，只能怀着满心的恐惧，呆呆地看着。

大怪物紧紧地抱着妮可——那么用力，甚至将她从地面上提了起来。

"住手！"我终于喊出声来，"你会弄伤她的！"

顾不上危险，我冲上前去。我双手一起用力，狠命拉扯它毛茸茸的手臂，想让它松开妹妹。

一声恼怒的低吼，它将我推了出去。

我踉跄着后退——撞到劳伦身上。

我看着紧抱妹妹的怪物。

劳伦指着地面。"乔丹——看！"

我向下看去，看到妮可的脚下有一片湿印子。水从她身上滴下来，落到地板上。一碰到地面，这些水就迅速地消失了。

妮可的脚趾在动吗?

没错!

我走近一步,看到了她的脸。

红晕出现在她的脸颊上。

太好了!

雪块纷纷从她身上跌落,噼里啪啦地落在地上,很快融化并消失不见了。

我转过头去看着劳伦。"这办法有用!"我欣喜地大叫,"它在给她解冻!"

一抹飘忽的微笑,从劳伦焦虑的脸上掠过。

片刻之后,雪人放开了妮可。冰和雪全都融化而后消失了。雪人满意地哼了哼,向后退开。

妮可动作僵硬地动了动胳膊,然后又揉了揉脸,好像刚睡醒一样。

"妮可!"我握住她的双肩,感觉到她的肩膀是暖的,"你没事吧?"

她摇了摇头,一片茫然:"出了什么事?"

劳伦跑上来,一把抱住妮可。"你被冻僵了!"她说,"冻成了雪人!但是,谢天谢地——你好好的!"

我转过头去,看到雪人正望着我们。

"谢谢你!"我冲它喊道。

我不知道它明白了没有。

“出去吧，”劳伦说，“冷死我了!”

“也许太阳能让你暖和过来。”我对她说。

我们打开暗房门走出去。阳光普照，空气闷热难当。但是，院子里铺满了白雪。

“啊，”劳伦嘀咕着说，“我把这个给忘了。”

“喂——”雪人跳出了暗房，我见状高声大叫，“它想逃跑!”

“爸爸会要我们的命!”妮可喊道。

我们三人朝雪人大喊大叫。

它没理会我们的呼喊，迈着大步，重重地走进雪地。它眯缝着黑眼睛，望着那棵冰雪覆盖的树，然后走了过去，伸出双臂环抱大树，抱得紧紧的，就像抱住妮可一样。

白雪在我的眼前融化，像有一张白色毯子从树上往下滑，一直往下滑，然后缩小不见了。最后，只见一棵绿油油的树在阳光下闪耀着金光。

“哇!”我双手捂着腮帮子，看着这个奇观。

不过，这个毛茸茸的大块头随后还有更多的惊人之举。

随着一声粗重的低吼，它躺到了雪地上。在我们惊奇不已的注视下，它开始打起滚来。

雪好像都被它沾到了毛皮上。它所到之处，白雪消失无痕了。

没多久，巨大的雪人已经滚过了整片草坪，最后一点雪也无影无踪。

它一跃而起，眼睛瞪得老大，发出痛楚的叫喊。

"它怎么了？"劳伦问。

雪人抬头向四周打量，一副大惑不解的样子。它看着绿茵茵的草地，看着棕榈树，然后抬起头，去看太阳。

它捂住毛茸茸的脑袋，发出惊恐的惨叫。

有好一会儿，它好像完全昏了头，而且被吓坏了。然后，它深沉地吼叫一声，朝街上走去，巨大的脚掌重重地拍打在车道上。

我向它追了过去："等等！回来！"

它闯进一户人家的院子，一直跑个不停。

我放弃了。想追上它是不可能的。

妮可和劳伦追上了我。"它去哪儿了？"妮可问。

"我怎么会知道？"我没好气地答了一句，拼命喘着气。

"我猜它是想找个寒冷的地方。"劳伦说。

妮可也同意。"也许是这样，它一定热得受不了，帕萨迪那可不是雪人待的地方。"

"也许它会在山上找到一个洞穴，"我说，"那上面比这儿凉快得多，我只希望，它还能想办法弄到什锦果仁。"

我们回到自己家的院子里。眼前又是一片绿色，而且酷热依旧。我知道，妮可和我一样，脑子里只有一个词：爸爸。

他已经要求我们不要去碰箱子，可我们却把他的话当成了耳旁风。

现在，雪人跑了。它是爸爸的惊人发现，是爸爸一举成名的大好机会。

跑了，永远不会回来了。

都是我们的错。

"幸好爸爸还有照片，"我轻声地说，"单是这些照片就足够叫人大开眼界。"

"也许吧。"妮可紧紧咬着下嘴唇。

我们回到暗房，去收拾储备箱。我往箱子里瞥了一眼，还有两只神奇雪球在里面。

"这东西很危险，我们最好处理掉。"妮可提醒说。

"我才不要碰它们呢。"劳伦说着直往后退。

"你说得对，"我对妹妹说，"得找个地方藏起来，留在身边太危险。"

妮可跑进屋子里，回来时拿了一只加厚的垃圾袋。"快——装到这里面来。"

我小心地一只一只捧起雪球，放进垃圾袋里。然后，我拧上袋子，再紧紧地打了个结。

"接下来怎么办？"劳伦问。

"要到外面找个地方毁掉雪球，"妮可说，"如果有谁拿到它们，让大雪在周围蔓延，我们的麻烦可就大了，到时候还得要雪人出马，才能消灭这些雪，可是它已经跑了。"

"到时候，帕萨迪那摇身一变，成了滑雪胜地！"我开起玩笑来，"我们可以在卡尔和卡拉家的泳池上溜冰。"

说完，我哆嗦了一下。我不愿意想起卡尔和卡拉，我也不愿意想起雪。"我们可以把雪球埋到地底下，"我对她们说，"不过，埋在哪儿呢？"

"可别埋在我家院子里！"劳伦马上声明。

我也不想埋在自己家的院子里面。它们在下面会怎么样？雪会在地底下扩散吗？会顺着草根涌出来吗？

我们离开暗房，眼光在周围巡视，寻找合适的掩埋地点。

"那块空地怎样？"妮可提议。

街道对面，就在卡尔和卡拉家旁边，有一块空地。上面什么都没有，只有几堆沙子和一些空瓶子。

"很理想，"我说，"埋在那里，谁都发现不了。"

妮可快步走进车库，拿出一把铁锹。我们穿过街道，一面还东张西望，不想让人看见。

"平安无事。"我说。

我拿起铁锹，在沙地上挖了一个深坑。花的时间比我预计的要长，挖出来的沙子总是滑进坑里。

终于，坑够深了。

妮可将垃圾袋扔了进去。"再见，雪球，"她说，"再见，阿拉斯加。"

我用沙子将坑填起来，劳伦又抚平了地面，让人看不出沙子曾经被挖开过。

"唉，"我呻吟一声，擦去脸上的汗珠，"真高兴，这件事到底了结了，咱们回到屋里去吧，凉快一下。"

我把铁锹放好，然后和妮可、劳伦一起喝着苹果汁，四仰八叉地倒在电视机前的地板上。

没过多久，就听到爸爸的车开进了车道。

"啊，"劳伦吸了一口凉气，"我还是赶快回家吧，再见。"她三步并作两步溜出后门，临关门之前，还说了一声，"祝你们好运！"

我紧张地看了妮可一眼："爸爸会生气到什么地步？他发现了一个神奇的稀有动物，还把它带回了家——我们却把它放出来，还让它跑了。这应该不是什么特别了不得的坏事，是吧？"

妮可浑身一激灵。"也许，把整个经过告诉他，他不会生气，只会庆幸我们没有受伤。"

"啊哈，对，也许吧。"

前门呼地打开了。"嗨，孩子们！"爸爸喊道，"我回来啦！我们的雪人还好吗？"

# 29　一切都不存在

那天晚上，我们晚饭吃得很早。餐桌上静悄悄的。

"我很高兴，你们俩都平安无事，健健康康的，"爸爸第五次说道，"这是最重要的。"

"嗯。"妮可嚼着比萨饼应了一句。

"啊。"我也跟着应了一句。一般来说，比萨饼我要吃三块才够，今晚却连一块都咽不下。我把饼的硬边剩在了盘子里。

可怜的爸爸。他极力不让自己为雪人逃跑而难过，但妮可和我知道他受到的打击有多大。

爸爸将吃了一半的比萨饼放在盘子里："我会打电话告诉自然历史博物馆，只能给他们一些照片了。"

"有照片总比什么都没有好。"我说。

"比什么都没有好？你疯了吗？"妮可叫道，"那些照片会轰动全世界!"

爸爸精神为之一振:"这话没错,我对几个电视节目制作人提起过,他们都狂热得很。"

他站起来,把盘子拿到洗碗槽去:"我还是到暗房去冲胶卷吧,照片能让我开心点儿,呃,我是说,它们是历史性的重大发现,历史性的!"

爸爸已经从极度失望里恢复过来了,我很欣慰,和妮可一起跟了过去,急着想看照片。

爸爸冲洗底片的时候,我俩安静地在红光下坐在一旁。终于,他从化学药水盘取出了第一张照片。

妮可和我急忙凑过去看。

"啊?"爸爸震惊了。

雪,除了雪,什么都没有。十张照片上全都是雪。

"真奇怪,"爸爸嗓子眼儿发紧,"我不记得拍过这些照片。"

妮可不怀好意地瞄了我一眼。我知道她在想什么。

我立即无辜地举起双手保证:"我没有搞鬼,我发誓!"

"最好没有,乔丹,"爸爸严肃地警告我,"我现在没有心情开玩笑。"

爸爸又回到装化学药水的盘子旁边,冲出另一套照片。湿漉漉滴着水的照片一取出来,我们立即围上去看。

还是雪，一无所有的白雪。

"这不可能啊！"爸爸大叫起来，"那个雪人——它明明就站在这里！"他伸手一指。

他颤抖着双手，把余下的底片举到红灯上看。"苔原的照片是好的，"他说，"狗、雪橇、麋鹿群……都在，都很棒。但在雪人洞穴里拍的那些……"

他越说声音越细，最后说不下去了，沮丧地摇了摇头："不明白，我不明白，怎么会这样？雪人一张照片都没留下，一张都没有。"

我长叹一声，深深地为爸爸感到难过，为我们三人感到难过。

雪人没有了，连雪人的照片也没有了。

就好像它从不存在，好像整件事从未发生过。

我和妮可离开暗房，爸爸在里面继续工作。

我们绕到屋子前面。妮可呻吟了一声，一把抓住我的胳膊。"啊，不好！快看！"

在街对面的空地上，米拉家的双胞胎正跪在地上挖沙子。

"他们在挖雪球！"我大惊失色。

"这两个讨厌鬼！"妮可低声怒骂，"埋雪球的时候，他们一定在偷看。"

"一定要拦住他们！"我叫道。

我们冲到街对面，尽全力奔跑。

我看到卡尔撕开了垃圾袋——拿出一只雪球。

他扬起手，朝卡拉瞄准。

"不——卡尔！住手！"我放声尖叫，"不要扔！住手！别扔，卡尔！"

预告

# 诡异魔术兔

（精彩片段）

# 21 失控的魔术

我抓起罩子，把它们塞回到黑袋子里。

然后，我又拼命拿起红球往袋子里塞。

"快帮帮忙，伙计们！"我求他们。

金妮和弗斯跪下来，把红球拢到一起。我们把它们全塞进了袋子。

我把袋口的绳子收紧，放回了道具箱。

可黑袋子还在跳动。红球开始从里面跳了出来。

"快停下！"我大声喊。

我把手伸进箱子，掏出第一件摸到的东西，然后把箱子紧紧盖上了。

"我还没弄明白刚才那个魔术呢。"金妮抱怨。

"这儿是另外一个魔术，"我说，"这个更好。"

我手里拿的是一个压得扁扁的礼帽。

"让我们看看，它能做点儿什么。"

我撑开礼帽，把它戴在头顶上。

"就是顶帽子，"弗斯有点儿坐立不安，"这上面有点儿热。我们能到厨房里去，找点儿吃的吗？"

"你们没明白，"我说，"这可是惊奇·沃的魔术箱！好吧，其实我也不知道这些东西究竟会什么。等我们一样一样搞明白了，我们就能举办一场最精彩的魔术表演！我会成为一个著名的魔术师的！"

"那我就是著名魔术师的妹妹，"金妮打了个呵欠，"多大的人物啊。"

"你戴上那顶帽子，倒是挺酷的！"弗斯说，"现在我们能去吃东西了吗？"

"我也饿了。"金妮也说。

"再等等！"我叫道。

我感到什么东西在帽子里动。我把它摘了下来。

"一只白鸽！"弗斯叫了起来。

"这个魔术倒还不错。"金妮也承认。

我把鸽子从我头顶上晃下来。

"怎么才能把你放回帽子里去呢？"我问。

还没等我动手，另一只鸽子又从帽子里蹦了出来。

我把第二只鸽子放在地上。

"还有一只。"弗斯喊。

第三只鸽子从帽子里飞出来，落在一盏旧台灯上。

第四只，第五只……

弗斯笑了起来："这些魔术都失去控制了！"

"别开玩笑，弗斯！"我呵斥他。

"我们会有大麻烦的，"金妮提醒我，"我们得赶紧想个办法，把这些鸽子弄走！"

阁楼里很快就塞满了扇着翅膀、到处乱飞的鸽子，而且还在不停往外冒。

我也知道，得把它们弄走，可是用什么办法呢？

"也许箱子里有什么东西能帮得上忙的。"我打开魔术道具箱。轰隆！它又发出了愚蠢的爆炸声。十几个小红球向我飞了过来。

"我真的有点儿烦了。"我嘟囔了一句。

我拨开一个个红球，从里面掏出一根黑色的棍子。棍子头上是白色的。

一根魔术手杖！

"也许这能帮上点儿忙！"我说。

我希望它能。

阁楼里已经乱成了一团，到处都是鸽子和红色的小球。

"这就是问题的答案，"我宣布，"惊奇·沃也许就是用这根手杖，来让它们停下的。"

"我希望你是对的，"金妮说，"要是再不管用，我和你就只能离家出走了!"

　　"它会管用的，"我说，"一定会。"

　　我把手杖往空中一挥。

　　"停下!"我喊道，"都给我停下!"

预告

# 厄运相机 II

## （精彩片段）

# 16 爆胎

"哇!"莎莉大叫了一声。

麦克和小鸟爆发出一阵大笑。

"轮胎不错啊。"麦克说。

"你也许该节食了!"小鸟说。

"什么? 节食?"我说, 咽了一口口水。

我知道, 小鸟不过是在跟我开玩笑, 可他的话却让我感到后背一阵发凉。

那张照片又从我脑子里冒了出来。那张厄运相机拍下的丑陋照片。

我仿佛看到自己胀鼓鼓的样子, 就像是个灌满了水的大气球。

我感到自己脸上火辣辣的。我知道, 自己脸红了。看到朋友们都在看我, 我从自行车上跨下来了。

"我猜是因为跳得太狠了。"我喃喃自语。

"看来你需要一辆三轮车。"麦克开玩笑说。

没有一个人笑。麦克的笑话从来都是这样。

我蹲下来，检查轮胎。我用手在橡胶上摸了摸，发现上面有两个大洞。

两个轮胎都爆了，可这两个轮胎都是新的。

我把自行车拖回车库。

"我只好骑特里的旧自行车了。"我对朋友们说。

实际上，我更喜欢哥哥的自行车。那是一辆十二速的变速自行车，而我的只有十速。自从考了汽车驾照之后，哥哥就很少再骑车。不过，他也的确不如我那么喜欢骑车。

"还是不要骑上去为妙，"小鸟建议说，"也许你只能推着走了!"他和麦克笑着击了一下掌。

"哈——哈，"我说，"你们俩就跟一个漏气的轮胎一样好笑。"

"不，我们跟两个漏气的轮胎一样好笑!"麦克打趣说。

"也许你需要的是辆山地车，"小鸟说，"更结实一点儿。"

"也许你需要结结实实在脸上来一拳。"我吓唬他。

"只要你不坐到我身上就行!"麦克大叫，把两只手护在胸前，仿佛是在挡我。

"你们几个，到底还去不去骑车了！"莎莉叹着气问我们，她抬头望了一眼正在变得阴暗的天空，"要是不抓紧，我们待会儿就要被雨淋了。"

我小心翼翼地跨上特里的自行车，跟他们骑出了车道。

我们漫无目的地在镇上骑着。离学校几个街区远的地方，是一个狭长的公园。我们骑上那里的草地，全速向前飞奔。

小鸟的车子最好，而且他的腿也是我们中最长的，所以，在这样的比赛里，获胜的总是他。

大约一个小时过后，天空中飘起了小雨。于是，我们掉头打算回家。

我很高兴。在蒙蒙细雨中骑车，我感觉腿沉甸甸的，肌肉也在痛。

我发现莎莉正盯着我，她是在打量我。

虽然额头上滚着汗珠，我却突然感到浑身发冷。

她为什么要这样看我？我心想。

为什么？

第二天早上，从梦中醒来的时候，我嘴边还在念叨着"索尔先生"。

今天，我就能把照相机拿给他看了，我告诉自己。我伸了个懒腰，打了个呵欠。

今天，他就会给我改成绩了。

我爬起来，依然呵欠连天。

我揉了揉眼睛，发现枕头在夜里掉到了地上。

我弯腰去捡，却感到睡衣前面猛地一勒。

紧接着衣服上的扣子砰砰砰地全都绷掉了，散落了一地。

"啊？"我惊得嘴都合不拢了。我又听到"吱——"的一声。过了好几秒钟我才缓过神来，原来睡裤从后面撕开了。

"噢，不——"我张大嘴，长长地叹了一口气。

睡衣领子被紧紧压在了我脖子下面。我使劲想把它拽出来。两只袖子都从肩膀的地方裂开了！

我的心狂跳。

我直起身，走到镜子前面。

走到镜子前面的那一刻，我浑身都在发抖。

我闭上了眼睛。

我根本不敢去看。

可是，我没有选择。我必须去看，我必须知道。

慢慢地，慢慢地，我睁开了一只眼，然后是另外一只。

我深深吸了一口气，看着镜子里的我。

照片成真了吗？我变得有四百磅重了？

欢迎来到
Goosebumps
鸡皮疙瘩
俱乐部

**鸡皮疙瘩** 俱乐部，进行时！……

下面的这段话你要牢牢记住哦。瞪大眼睛看清楚，可能你的人生会就此转变。

# 鸡皮疙瘩 "我不怕——"
## 主题征文大赛暨勇敢者宣言征集

你是不是在生活中经常遇到一些惊险、有趣的事呢？把这些让人起鸡皮疙瘩的故事告诉我们吧。参加"我不怕——"主题征文大赛和勇敢者宣言征集，你的作品将有机会入选《鸡皮疙瘩"我不怕——"主题征文大赛获奖作品选》，本书将由接力出版社于2010年12月正式出版，你还将有机会获得著名作家的亲自点评。

## 大赛指南

**一、选手资格**

凡购买"鸡皮疙瘩系列丛书"的读者，持有本页左下方的"我不怕——"标志，即可成为选手。

**二、参赛要求**

1．以"我不怕——"为题，发挥你的创意或者记录你身边的惊险故事，字数500—1000字。
2．以"勇敢"为主题，说出自己的勇敢宣言，字数不超过50字。

**三、参赛方式**

选手将作品和"我不怕——"标志一起寄到北京东城区东中街58号美惠大厦3单元1203室接力出版社"鸡皮疙瘩"编辑部，邮编100027。来信请留下详细的通信地址和邮编。应广大小读者的热切期望，本活动截止时间至2010年8月31日。

**四、评选和奖励**

获奖作品将入选《鸡皮疙瘩"我不怕——"主题征文大赛获奖作品选》，本书将于2010年12月由接力出版社正式出版。获奖名单及入选作品将于2010年10月在全国重要媒体和接力社网站上公布。

**特等奖20名**

获奖征文将得到著名作家的亲自点评，入选《鸡皮疙瘩"我不怕——"主题征文大赛获奖作品选》图书，作者获稿酬50元，由接力出版社赠送样书两册。

**优秀奖100名**

获奖征文入选《鸡皮疙瘩"我不怕——"主题征文大赛获奖作品选》图书，作者获稿酬50元，由接力出版社赠送样书两册。

**鼓励奖500名**（仅限勇敢者宣言）

接力出版社赠送《鸡皮疙瘩"我不怕——"主题征文大赛获奖作品选》样书一册。

**欢迎参加！**

《鸡皮疙瘩"我不怕——"主题征文大赛获奖作品选》将收录 **100** 篇获奖优秀征文、**500** 个勇士的宣言）

网络独家支持：  腾讯儿童 KID.QQ.COM http://kid.qq.com/jp

# "神奇力量值" 寻找行动
## ——有奖集花连环拼图游戏

## 奖品和奖励

来看看这些诱人的奖品吧，这是对勇敢者的犒赏！还等什么，赶快行动吧！

**特等奖1名：** 升学大礼包，价值3000元

**一等奖5名：** 名牌MP4一个，价值500元

**二等奖50名：** 超酷滑板一个，价值100元

**三等奖500名：** 接力出版社获奖图书一册

（以下十种任选一本）
《黑焰》、《万物简史》、《舞蹈课》、《亮晶晶》、《亚瑟和黑暗王子》、《来自热带丛林的女孩》、"淘气包马小跳系列"一册、"小香咕新传"一册、"魔眼少女佩吉·苏"一册、"秦文君花香文集"一册

## 玩家提示

想征服斯坦的魔幻世界吗？想成为名副其实的勇士吗？来考查一下你的力量值吧？本批"鸡皮疙瘩系列丛书"中隐藏了行动力、意志力、想象力、观察力、自控力、思考力、应变力、创新力等八种神奇的力量，只有具备了这八种力量，才能在"鸡皮疙瘩"的惊险旅程中行进得更远。勇士们，擦亮眼睛，来找出这八种神奇力量标志吧！

## 游戏指南

收集分散在八本书中的八个标志，寄到北京东城区东中街58号美惠大厦3单元1203室接力出版社"鸡皮疙瘩"编辑部，邮编100027，即可参加抽奖，本活动截止日期为2010年6月30日。

自控力 奖

# 神探赛斯惊险档案

## 3

## 糖果失窃之谜

赛斯先生的生活中也不总是大风大浪，这不，他近期总为丢东西发愁。起初，丢失的是打火机啊，纽扣啊这类的小玩意儿。后来，也丢了一些零钱。由于赛斯先生家的房子很大，平日里总有客人拜访，还定期举办舞会，可能偷走东西的人很多，他一下子也没有目标。

这两天，他故意将一罐品质最纯正的黑巧克力糖放在了二楼的壁橱里，想看看到底是谁偷走了它们……

结果出人意料，壁橱里藏着的摄影机显示，十岁的小男孩艾迪把糖果全都塞进了自己的口袋。

艾迪这样的行为，让赛斯先生犯了难。因为艾迪的父亲脾气不好，如果让他知道了，必然会狠狠地揍这个可怜的小男孩……那么，赛斯先生到底该怎么做呢？

A.虽说艾迪偷走了不少小东西，但他毕竟还是个孩子，赛斯应该保持沉默，随后保管好自己的东西不被偷走就行了。

B.丢失的东西虽小，但是偷盗可不是小事！赛斯应该告诉艾迪的老师，共同商量解决办法。

C.丢失的东西虽小，但是偷盗可不是小事！赛斯应该告诉艾迪的父亲，让艾迪受到一定的惩罚，这样可以让他长大后不再偷东西。

D.赛斯先生应该找艾迪谈一谈，告诉他那些东西没什么大不了的，他喜欢可以拿走，但不能不打招呼。

E.赛斯先生应该找艾迪谈一谈，告诉他偷盗是不可以的，应该把东西还回来。

说明：首先，让我来澄清一个问题——无论是我还是本故事的叙述中，都没有表示是艾迪偷走了打火机和纽扣以及零钱。偷吃糖果，并不完全等于他一定犯了更大的错误。我这么说，是提醒各位小读者注意，在没有绝对证据的前提下，不要因为别人犯了小错，就放大他的过错。

接下来，我们假设，艾迪也偷走了其他东西，来看看我们的选择。本题能够展现你对于他人过错的宽容程度与解决方法。

解析：

A.过错有大有小，但是偷窃行为本身是较为严重的问题。我能理解你对孩子的宽容，但是需要注意的是，偷窃行为如果不加以约束，日后很可能造成更为严重的错误。故而，这种宽容本身，略显不负责任。

B.告诉老师，无可厚非，亦可以引起教育者的重视。但是会不会让人们把学校发生的其他失窃事宜，也都扣在小艾迪身上呢？这值得我们思考。

C.惩罚本身，不一定能够改正错误，研究证明，惩罚的作用不大，并且会在一定程度上挫伤孩子的自尊心。打骂不一定完全没有效果，但很可能伤害孩子。

D.这也是宽容的做法，但是犯下了一个错误。艾迪的行为可

以被原谅，也可以被矫正，但是不索要丢失的物品，有可能使孩子尝到偷窃的甜头，从而助长这样的行为。

　　E.这是我们推荐的做法，有问题需要沟通、交谈并解决。另外，孩子交还失窃物品，也可以使他明白，偷窃行为不会带来任何好处。当然，欢迎他日后再来玩……

　　结束语：本篇故事是少有的存在推荐答案的问题。各位小读者做完，也可以请自己的家长来做，并商谈解决这类问题的办法。现实生活中经常会出现类似的问题，朋友之间的矛盾、过失大多归为此类。做一个真正的朋友，既要有一颗宽容的心，又要有帮他改正错误的办法。各位亲爱的小读者，希望你们能认真考虑，也许，你们能想出更好的办法来。

## 赛斯机密档案

**姓名：赛斯**
**年龄：** $4 \times 9 \div 3 - 6 + 8 + 10$
**基因：变异基因**
**职业：私家侦探**
**性格特点：冷静、冷酷、冷峻**
**特殊喜好：凌晨三点在路灯下**
　　　　　看"鸡皮疙瘩"
**被人崇拜程度：orz**

　　本测试题由著名心理咨询师、原中央教育科学研究所心理研究员孙靖（笔名：艾西恩）设计，插图由著名插画家马冰峰绘画。

## 情报站

1995年 "鸡皮疙瘩系列丛书" 改编成电视
剧, 在美国连续四年收视率第一

1995年 "鸡皮疙瘩主题乐园" 落户美国迪斯
尼乐园

1995年 R.L.斯坦获选美国《人物》周刊年
度最有魅力人物

2003年 "鸡皮疙瘩系列丛书" 被吉尼斯世界
纪录大全评定为销量最大的儿童系
列图书

2007年 R.L.斯坦获得美国惊险小说作家最
高奖——银弹奖

2008年 "鸡皮疙瘩系列丛书" 电影改编版权
被美国哥伦比亚电影集团公司买断并
将翻拍成好莱坞大片

桂图登字:20 - 2008 - 017

## 图书在版编目（CIP）数据

果冻营历险·雪怪复活/（美）斯坦（Stine，R.L.）著；周玉军译. —南宁：接力出版社，2009.1
（鸡皮疙瘩系列丛书：升级版）
书名原文：The Horror at Camp Jellyjam·The Abom-inable Snowman of Pasadena
ISBN 978-7-5448-0565-0

I.果… II.①斯…②周… III.儿童文学-长篇小说-作品集-美国-现代 IV.I712.84

中国版本图书馆CIP数据核字（2008）第178589号

总策划：白 冰 黄 俭 黄集伟 郭树坤　总校译：覃学岚
责任编辑：张蓓蓓　美术编辑：郭树坤 卢 强
责任校对：李佳庆 责任监印：刘 签
版权联络：钱 俊 媒介主理：常晓武 马 婕

社长：黄 俭　总编辑：白 冰
出版发行：接力出版社
社址：广西南宁市园湖南路9号　邮编：530022
电话：0771-5863339（发行部）　010-65545240（发行部）
传真：0771-5863291（发行部）　010-65545210（发行部）
网址：http://www.jielibeijing.com http://www.jielibook.com
E-mail:jielipub@public.nn.gx.cn

印制：中国农业出版社印刷厂
开本：850毫米×1168毫米　1 /32
印张：9.5　字数：160千字
版次：2009年1月第1版　印次：2009年12月第3次印刷
印数：50 001—60 000册
定价：18.00 元